吉田隼人

死にたいのに死ねないので本を読む

絶望するあなたのための読書案内

草思社

はしがき

文学のジャンルのひとつにポルトレと呼ばれる部類のものがある。フランス語のportraitから来ているもので、綴《つづ》りを見てわかる人も多いと思うが、英語で言うポートレイト、人物を描写したエッセイの類である。

ぼくはこのポルトレを読むのが好きで、ことに作家や学者など、少し使うのがためらわれる言葉を敢《あ》えて使えば「知識人」のポルトレを愛読している。知識欲の目覚めとか、若い頃の愛読書とか、進路志望をどうしたかとか、そういったことを読むのが好きなのだ。もちろん市井に暮らす無名の人々のポルトレも大好きだ。しかし残念ながらポルトレを書く才能には恵まれなかったようで、その種の文学を書くのに必要な観察眼などがぼくには欠けている。

ところでミシェル・ボージュールという学者に*Miroirs d'encre*(『インクの鏡』)という著書がある。広義の自伝文学について扱った本なのだが、Rhétorique de l'autoportrait(自画像のレトリック）という副題が示すように自伝（autobiographie）ではなく自画像（autoportrait）というジャンルを設定したところがこの本のおもしろいところでもある。

さて先にぼくはポルトレを好みながらポルトレを書く才能に恵まれなかったと書いたわけだが、このautoportrait（英語ならSelf-portrait）すなわち自分に向けられたポルトレという意味では、この本に収められたエッセイすべてがautoportraitということになるだろう。小説ふうのものもあれば評論ふうのものもあるが、大なり小なり一篇一篇がぼく自身をうつしているといっていい。そこにうつされているのは死にたがりの、しかし死んでしまうだけの度胸もないぼく自身だ。

そして、そんな死にたがりのぼく自身をうつすために用いた、いわば鏡にあたる道具立てが「書物」である。ぼくは書物を読み、書くために生まれてきたのだと信じているし、事実これまでそうしてきたし、きっとこれからも死ぬまでそうしていくことだろう。そうした書物を愛する一人の人間の自画像がこの本であり、同じように書物を愛する人々に、またこれからもしかしたら書物を愛することになるかも知れない人たちに読んでもらえたら幸いだと思っている。

取り上げた書物には、名著とか古典とかいわれる部類のものが多いと思う。もしかしたらそれだけで抵抗感をいだかれるかも知れない。しかしぼくだってもちろん取り上げた名著なり古典なりをきちんと読みこなせているとはいえない。自画像の喩《たと》えを続けるならば、背伸びして名著や古典に挑戦しては痛い目を見たり歯が立たなかったりしつつ、それでも読むことによっていくらかでも希死念慮を乗り越えようとする、そんな姿がここには描かれているともいえる。こんな人でもこういう本を読んでいいのなら、自分も同じような本に挑戦してもいいのではないか……。そんな読書への気持ちを後押しできる一冊になっていたらこれ以上の喜びはない。

死にたがりの、なのに死ねなくてうじうじしている自画像なんて、本来なら恥ずかしくて人に見せられたものじゃないのだろうが、それこそ恥を忍んで公のものにすることにした。願わくば、ひとりでも多くのぼくの同類が、この本を手にしたことをきっかけに「死にたいのに死ねない」無聊《ぶりょう》を慰める何らかの機会を得てくれたら……と思っている。

目次

II 書物への旅

死にたいのに
死ねないので
本を読む

絶望する
あなたのための
読書案内

I

記憶

十二の断章

一行のボオドレエル――『パリの憂愁』

新進気鋭、才気煥発《かんぱつ》、といった感じのまだ若いフランス人哲学者に、指導教授が（もちろんフランス語で）ぼくをこんなふうに紹介した。「タンカという、日本の伝統的な詩があって、彼はその分野で若くして大変に重要な賞を獲得した学生なんだ……」。ハイカイ、という名前で第一次大戦後ぐらいからフランスでも幅広い知名度を獲得した俳句と違って、短歌というのは決して国際的に通用する用語ではないらしく、その哲学者は困ったような顔でぼくに言った。「ポエット？　あなたはポエットなのですか？」

短歌を作ってはいても詩心とは程遠く、「現代詩手帖」に連載を持っていながらその実、現代詩の世界にはまったく蒙《くら》いぼくが初めて出会った「ポエット」は、御多分に漏れずというかなんというか、シャルル・ボードレールであった。しかしぼくはボードレールの名前を最初から「ポエット」の名前として了解していたわけではない。

あれはたしか中学一年生の頃、学校で配られた文庫本の注文票で欲しい本のところに丸をつけ、そのぶんの代金を専用封筒に入れて持っていくと、夏休み前ぐらいに注文した本が届くというシステムがあった。ろくに本屋もない田舎町の学校にだけ存在したシステムなのかも知れない。新潮文庫、角川文庫、集英社文庫の三社があったと思うが、右も左もわからないまま、漱石・三島・川端から乙一・村山由佳（当時は二人ともまだライトノベル作家という扱いだった）に至るまで片っ端から丸を付けて注文したので、どの版で誰の作品を読んだかまではよく覚えていない。ともかくそこで、先生からも周りの生徒からも呆《あき》れられるほど注文した大量の文庫本を抱えて帰り、間近に迫った期末テストの勉強を放擲《ほうてき》して（点数がガタ落ちして父からぶん殴られたのはまた別の話である）濫読した中に芥川龍之介があり、たぶんその解説か何かに引用されていたのが『或阿呆《あるあほう》の一生』のあの有名な一節だった。

「人生は一行のボオドレエルにも若《し》かない」……。学齢にも満たない頃から「人は皆いつか死ぬのだ」という漠然とした厭世観《えんせいかん》に憑《つ》かれ、田舎の公立中学に進んでからは、今ではマイルドヤンキーあるいはマイルドでないヤンキーとして立派に大人になっているであろう粗暴な生徒ばかりの学校の雰囲気に馴染めず、どこか別な世界へ逃げ出したい、そこにしか自分の居場所はないのだと思い込んでいたぼくにとって、自殺した作家としてその名を知っていた芥川の言葉には強く訴えかけるものがあった。……あった、のだが、十三歳のぼくはかわいそうに「ボオドレエル」がフランスの詩人の名前だということを知らず、線路の「レール」の一種だと思い込んでいた。文庫本の解説にはこの一行しか引用されていなかったから、これが主人公が丸善の洋書部で背表紙に書かれた作家の名前を一人ずつ読み上げていく場面にあらわれる一節だということがわからなかったのだ。それに同じ作品からもう一つ、「架空線」が放つ「紫いろの火花」を何としても手に入れたいと思ったという箇所が一緒に紹介されていたから、余計に電車の線路という印象が強まったのだろう。

これまた都合がいいのだか悪いのだか、そのころ引っ越したばかりの家のすぐそばを阿武隈急行という単線で二両編成のローカル線が通っていて、部屋にいると一時間に一本ぐらい電車の通る音が聞こえた。隣の福島市まで出るのに片道で四四〇円（当時）もかかるこの電車に乗るのは中学生にとって困難だっただけに、却《かえ》ってこの線路がここではない別などこか、外の世界へつながっているのだという憧憬《しょうけい》は日増しに強まっていた。家のそばを通る単線の線路はその頃のぼくにとって、芥川にとっての「一行のボオドレエル」に優るとも劣らず、この田舎町に縛り付けられた厭《いと》わしい人生からおさらばするための輝かしい「レエル」だったのである。

福島市内の高校に合格し、その「レエル」の上を走る電車に乗って毎朝通学するようになった頃にはさすがにボードレールが線路ではなく外国の詩人だと理解し、その作品にも翻訳を通じて親しむようになっていた。高名な『悪の華』よりも散文詩集――三好達治訳の『巴里の憂鬱』（新潮文庫）と福永武彦訳の『パリの憂愁』（岩波文庫）のどちらの版だったかはもう忘れてしまったが――のほうに魅かれたのは、韻文詩よりは散文詩のほうが翻訳でもその味わいが伝わりやすく、またある程度の筋書きのある、洗練された掌篇小説としても読むことができる作品だったせいもある。しかし何より、胸中に巣食ったきりいよいよ我が物顔でぼくの思考を支配し、一刻も早く死ぬほかに解決策はないと昼も夜も脅迫してくるあの厭世観にぴったりくるような言葉が散りばめられていたことが、十六歳のぼくがこの小さな書物に捕えられてしまった最大の理由だったのだと思う。今にしてみればなぜあんなにも「死」に囚《とら》われていたのかまったくわからず、鬱病以外の何物でもなかったとおぼしい当時のぼくが、夏休み、ベッドから起き上がる気力もないまま何遍も読み返していたお気に入りの一篇は「ANY WHERE OUT OF THE WORLD」と題されていた。

「この人生は病院だ。患者はそれぞれベッドを移りたいという欲望に憑かれている。こちらの患者がどうせ苦しむのなら暖炉のそばがいいと言うかと思えば、あちらの患者は窓のそばに行けば具合がよくなるものと信じ込んでいる」……その散文詩の出だしを、いま手《て》許《もと》にあるプレイヤッド版全集の原文からぼくなりに訳せばこんなふうになる。この患者の一人たる「私」もまた、今いるこの場所から離れれば苦しみはなくなると思い込んで、自分の魂にあれこれ「引っ越し先」を提案する。リスボン、ロッテルダム、バタヴィア、はたまたバルチック海の果て、北極……。そして終始だんまりを決め込んでいた「魂」は遂《つい》に爆発して、こう叫ぶのだった。「どこだっていい！　どこだって！　この世の外ならどこだって！」

　人生がそれ自体で病院なのだとしたら、東西南北どこへ行こうと無駄、この苦しみから逃れるためには人生という病院、すなわちこの世からおさらばするしかない。実際、田舎の中学から憧れていたあの電車に乗って脱出して、県庁所在地の、県内では一番の進学校とされている高校に進んだところで、憂鬱な人生は憂鬱なまま、ぼくは苦しんでいるではないか……。そんな考えがいよいよ強迫観念となって逃れがたく、一日じゅう頭のなかでガンガン鳴り響くようになった晩夏のある日、ぼくはふらふらと家を出て、夕焼けの照りつける線路のほうへ向かって歩き出した。いま註釈を見てみると「ANY WHERE OUT OF THE WORLD」という題は、ボードレールがエドガー・ポーの評論を通じて知ったトマス・フッドの英詩からの引用で、一語に綴られるべきanywhereがany whereと二語に分かたれているのは誤植または誤記とされている。しかし当時のぼくにはこの空白が一本の線路、一行の「レエル」の通り道にしか見えなかった。その上を電車が通過したためにanywhereという語が二つに引き裂かれた轢死体《れきしたい》、それがany whereだと思った。ボードレールが詩人の名前だと知り、電車通学をするようになってもまだ、線路はぼくにとって「この世の外」へ連れて行ってくれる輝かしい「一行のボオドレエル」だったのだろう。ぼくは線路の上に身を横たえた。レールは夏の夕日を反射してぎらぎらと光っていた。

……しかし電車は来なかった。いつまで経っても来なかった。一時間に一本しか通らない、赤字採算のローカル線である。死の誘惑に酔いしれて、そのことをすっかり忘れていたのだ。どれぐらい待ったのか、そのうちふと我に返って、すると急に死ぬのが怖くなり、半ベソをかきながら家に帰った。夕飯は焼き鮭だった。

この間抜けで滑稽な自死未遂譚《たん》をわざわざ語るという、およそ自分語りの中でも最も悪趣味な部類に入るであろう所業をここで敢えてなしたのは、一つには自分が今後このような馬鹿げたことをしでかさないため、もう一つにはこの種の厭世観に憑かれたぼくの同類に、いかにその厭世観に基づく行動が愚かで滑稽であるか知らしめるため、のつもりである。十六歳の頃には気付けなかったが、当時のぼくを厭世の味に酔わせたのと同じ散文詩集のなかで、ボードレールはこうした勘違いから馬鹿げた行為に走りがちな青少年の心理を、むごたらしいほど露《あら》わに解剖してくれているのだ。それはたぶん、彼自身もまたぼくらの同類だったからであり、次のような一節をわざわざ書きつけたのは、ぼくがいま自分の恥を晒《さら》したのと同じような、自戒を込めた忠告だったのだろう。「どうして、いちばん簡単でいちばん必要なことさえ成し遂げられないような奴らに限って、唐突に余計な勇気を発揮して、この上なく馬鹿げた、そして時にはこの上もなく危険な行動にでてしまうのか」（「不憫《ふびん》な硝子《がらす》売り」« LE MAUVAIS VITRIER »）

書物への旅はときに、危なっかしい横道へ入り込んでいってしまうことがある。しかしそこから生還する道を教えてくれるのもまた書物なのだが、あの頃のぼくのように一人で書物の世界にのめりこんでいるとその道に気付けないまま、危ない方向へ一直線に進んでしまいかねない。書物というやつはできるだけ、道を逸《そ》れそうになったとき引き戻してくれる誰かと一緒に読むのが望ましいもののようである。

傍観者のエチカ ――『エチカ』

水に卵うむ蜉蝣《かげろふ》よわれにまだ悪なさむための半生がある

――塚本邦雄『装飾樂句《カデンツァ》』（『塚本邦雄全歌集　第一巻』短歌研究文庫）

くだらない話から始めよう。くだらない話だ。その朝、ぼくたちの高等学校はどの教室を覗《のぞ》いても騒然として、だれも声高に語りもしないが、かといって黙ってもいられないというような、声にならないざわめきに満たされていた。そしてざわめきの原因が、その日が最終日に当たっている定期考査とは何のかかわりもないというのが、なおのことくだらないといえば、くだらなかった。職員室には日ごろ体育館や武道場でしか見かけない体育教師たちまでがすし詰めになって、大勢集まったところでどうかなるでもない問題についてて、どうにもならないまま会議を続けていた。教頭の声でおごそかに「考査の前に全校集会を開きます、全校生徒は第一体育館に集合してください」という放送があって、しばらくすると「やはり全校集会は考査日程終了後におこないます、教室に戻ってください」と放送された。例によって統一性なくだらだらと体育館に詰めかけた生徒の群れは、相変わらず文字にならないざわめきを伴って各々の教室へと戻っていく。そうしておこなわれた考査で思わしい答案が書けるはずもなく、ぼくは得意科目の漢文で稼いでおくべき点数をずいぶん損してしまった。

考査が終わり、全校集会が終わった。全校集会で語られたことは、ぼくたちの誰もが昨夜から今朝にかけてのニュース番組で既に知っていたことばかりだった。校門のところにマスコミが詰めかけているから不用意な発言はせず、また混雑などに気を付けるように、という注意で集会は締め括《くく》られた。混雑に巻き込まれたくなかったから、何か用事でもあるようなふりをして体育館の隅をうろうろして時間を潰していると、担任の女性教師が話し掛けてきた。

——彼女とは仲が良かったようだけど、大丈夫？

——ええ、別に、ことさら仲が良かったというわけでもないので……

——でも、同じ部活だったでしょう。

——オカルト研究会ですか、あれは開店休業ですから。

——そう……。まあ、何かあったら私でも、カウンセラーの先生にでも……

——彼女のメインは化学部で、ぼくは新聞部だったので。じゃあ、失礼します。

まだ何か言いたげな教師をさえぎり、校門へ向かった。混雑も落ち着いてきたようだった。

そろそろ勿体《もったい》ぶるのはよそう。朝から、あるいは昨夜から続いているざわめきの原因は、ぼくたちの高等学校から逮捕者が出たことだった。「彼女」はぼくと同じ一年五組に在籍し、理数系の科目、とりわけ化学では、県下でいちばんの進学校とされるこの学校でもトップクラスの成績を収め、教師でも対応に困るような大学生レベルの質問を発することがたびたびあった。それとちょうど真逆の、文系科目はできても理数系ではすでに落伍《らくご》しかかっているようなぼくが「彼女」と接点をもったのは、教師の言うように同じオカルト研究会に籍だけ置いていたからと、もうひとつ、学区内でもとりわけ田舎とされる地域から、半年定期を買うと八万円もする第三セクターのローカル線でこの学校に通ってきている数少ない生徒どうしだからだった。ぼくたちの町は、なかなかの田舎だから動物や虫がたくさんいる。そういう地域から通ってくる、理数系の成績が抜群で、周りとほとんど交際しない「彼女」は、口さがない女子生徒たちから、化学部のつてで劇薬を手に入れて個人的に動物実験を繰り返しているとか、部屋には鳥や蛇、魚などをホルマリン漬けにした瓶が並んでいるとかいった噂を立てられていたが、それがどうも噂ではなく事実らしいというのも、ぼくは早くから知っていた。そのころ流行りはじめていたブログで、彼女らしき人物が男言葉で、固有名詞は伏せつつもそうした「実験」のようすを淡々と記録しているのも目にしていた。しかしそのぼくでも流石《さすが》に「彼女」の最大の実験対象が彼女の実の母親であることまでは知らなかった。「彼女」が実験と称して母親に劇物のタリウムを少量ずつ投与し続け、ついに人事不省の状態にまで至らしめたことが知れて、昨夜、殺人未遂の容疑で「彼女」は逮捕されたのである。

——ぼくの演じることが出来るのはただ一つの役だけです。そう、観客。傍観者。群にそれた羊……（八月二十三日のブログ）

——ホルマリン漬けではなくて、出来るだけ色が残せるように酒石酸アンモチンカリウム中毒にさせたいです。少しずつ食事に混ぜてね。そうすれば二、三年は常温でも持ちますから。（八月二十四日の書き込み）

——寝ても起きても気持ち悪いし、指先とか脚とかが痺れてきたので、解毒剤を作りました。タリウムの治療はプルシアンブルーと塩化カリウムの経口投与によって行われます。（八月二十四日のブログ）

——今日の朝、先生に筆記用具を借りた。其の時泣きながら母の話をして、同情を得た。人って案外簡単に騙《だま》されるものなんだと思った。（十月十一日のブログ）

傍観者を演じ続けるとはどういうことなのだろう。「彼女」はひたすら冷静であろうとした。対象に何の感情も差し挟まず薬品を投与し続け、その影響を理解する「傍観者」であろうとし続けた。ユダヤ人社会から破門され、一生をレンズ磨きに費やした理性の哲学者スピノザは言う。「余は人間の諸行動を笑はず、歎かず、呪詛もせず、たゞ理解することにひたすら力めた」(『国家論』畠中尚志訳、岩波文庫旧版)。この『倫理学《エチカ》』の哲学者の教えを遵守するかのように「彼女」もまた、笑いも、泣きも、恐らくは呪いもせず、劇薬を少しずつ食事に混ぜて投与することで自分の母親がどう変化するか、ただ理解することにつとめたのだ。だとしたら倫理とは何なのだろう。ニーチェはスピノザのこの一節をとらえて、笑いも嘆きも呪いもしない「理解」などというものがあり得るのだろうか、と『喜ばしき知恵』に書きつけた。人間の諸行動を笑わず、歎かず、呪詛《じゅそ》もせず、ただ理解すること。それを仮に、どこまでも理性的で冷静な観察者を演じ続けることを自らに課した「傍観者」のエチカと呼ぶことができるとすれば、それはどうしようもなく非人間的な、反倫理的な所業に至るのではないか。スピノザの著書にはこんな言葉もある。「人間は動物が人間に対して有する権利よりはるかに大なる権利を動物に対して有するのである」(『エチカ』第四部、畠中尚志訳、岩波文庫)。大学の招聘《しょうへい》を断り、生涯を一介のレンズ磨きとして送った彼の唯一といっていい趣味は蜘蛛を戦わせ、虐待することだったという。

考査期間中は下校時間が早い。校門を出ると、正午前のけだるい日射しが曇天の向こうからとろとろと陰気な東北の地方都市に流れている。昨日も似たような天気だった。この毎日たいして変わり映えもしない曇天のもと、昨日、ぼくは最寄り駅で電車を降り、家までひたすら田んぼのあぜ道を歩いていて、「彼女」を見かけたのだった。思えばそれは逮捕される前の最後の姿だったのかも知れない。「彼女」は蛇だか、蛙だか、なにか小動物を追い掛けて、道端にかばんを置いて、制服のままあぜ道を駆けぬけ、背の高い雑草の向こうに消えていった。その光景を何度もまぶたの裏で反芻《はんすう》しながら、もう違う世界へと消えていってしまった「彼女」と、これからもうだつの上がらない地味な一生徒として、惰性で高等学校に通い続けるであろうぼくとの間にできてしまった大きな溝のことを思い、不合理な感情とは知りつつも「彼女」に対してぼくは嫉妬をおぼえた。この、あまりに不合理な嫉妬の感情が気になって、ぼくはスピノザが嫉妬に対してどんな定義を下しているか、文庫本の頁を繰ってみた。「愛する女が他人に身を委せることを表象する人は、自分の衝動が阻害されるゆえに悲しむばかりでなく、また愛するものの表象像を他人の恥部および分泌物と結合せざるをえないがゆえに愛するものを厭うであろう」(『エチカ』第三部)。

この、およそ何の役にも立たない即物的な定義を久々に読み返したことで、ぼくは「彼女」のことを思い出し、事件について改めて調べてみた。「彼女」に関するたくさんのサイトが出てきた。しかしどのサイトも、その事件は東北ではなく静岡で起こったと伝えている。旧友や旧師に連絡をとって確認してみたが、ぼくたちの高等学校にも「彼女」に相当する生徒はいなかったという結論が出た。だとしたら、あの日、曇天のもとで雑草の向こうへ消えていったあの背中はいったい何だったのだろう。スピノザの文庫本だけがいくらか色褪《あ》せつつもあの日と変わらぬ姿で、ぼくの手許に残っている。

存在と弛緩 ――『存在と時間』

生れざらんこそこよなけれ。生れたらんには生れし方へ急ぎかへるこそ願はしけれ。

――ソフォクレス『コロノスのオイディプス』

（ヘルデルリーン『ヒュペーリオン』渡辺格司訳、岩波文庫）

鬱屈《うっくつ》がまっくろな詰襟の学生服を着て歩いている、とでも言えば、そのころのぼくを思い描いてもらうには充分だろう。ついこのあいだまで男子校だった、旧制中学時代からのパンカラ気質と「リベラリズム」という名の放任主義とが入り交じる田舎の高校。山のふもとに建つその校舎へ、ぼくはパンパンに膨れた通学カバンとあからさまに不機嫌な顔とをぶらさげて通っていた。教科書、ノート、参考書、問題集などなどが詰まったカバンには、しかしその隙間を縫うように、たいてい二冊か三冊の文庫本が無理矢理ねじこんであった。当然のごとく友達はいなかったから、本でも読んでいないと休み時間を持て余す。

だがそれ以上に持て余していた時間、それが体育の授業だった。

運動は苦手だし、嫌いだ。二年生の初秋、体力テストの最後におこなわれる持久走で全校生徒の視線がぼくに集中した。それはそうだ。ほかの二年生男子は全員が走り終えているのに、ぼく独りだけが息を切らしながら、もはや走っているとすら言えない、普通に歩くより遅いぐらいの速度で競技場のトラックを周回していたのだから。こういうとき人はいたたまれない気持ちで応援などするものだが、走るべき距離はまだ半周以上も残されている。このままでは日が暮れてしまう、というのは言葉の綾《あや》ではなくて本当に日没が迫っていたので、三年生男子が繰り上げでスタートした。見知った顔の先輩たちが、ときに申し訳なさそうに、ときに笑いをこらえながら、ぼくを追い越していく。……ようやく規定の一五〇〇メートルを走り終えるとそのまま倒れ込み、目の前の側溝にしこたま嘔吐《おうと》した。先生が手首をつかんで「不整脈だ」と言うので病院へ直行することになり、もう誰もタイムなど計測していなかったから、記録用紙には仕方なく「十分以上」と書き込まれた（参考までに付け加えておけば、そのころ中学の陸上部に所属していた妹の一五〇〇メートルのタイムが五分強だった）。翌年の体力テストを欠席したのは言うまでもない。

しかし幸いにもこの学校には「リベラリズムの伝統」という名目で放任主義の気風が根付いていたから、授業、掃除、学校行事などをサボるのはさして難しいことではなかった。それは体育も例外ではなく、三年間のほとんどの時間は「選択球技」として生徒たちはいくつかの選択肢から好きな種目を選び、自主性の尊重という美名のもと、準備体操から片付けまで自分たちで授業を運営することになっていた。ときどき見回りに来る教師にさえ気を付けていれば、まずサボりが露見する心配はない。そうして浮かせた時間を英単語の暗記にでも費やしていたら――事実そういう点取り虫もいた――もっといい大学に進めたのかも知れないが、ぼくはもっぱら体操服のポケットに忍ばせた文庫本に読み耽《ふけ》って過ごしていたわけである。

そうして読んだ本のなかに、ハイデガーの『存在と時間』（原佑ほか訳、中公クラシックス）があった。いや、読んだと言っては嘘になる。当然ながら『存在と時間』は、なんの予備知識もない田舎の高校生が太刀《たち》打ちできるほど生易しい本ではないから、ただ字面をひととおり目で追ったというのが正しい。なにゆえにそんな本を選んだのかといえば、ひとえに虚栄心のためである。一年生のころ「倫理」の授業でいろいろな思想家を教わったなかで、二十世紀最大級の哲学者でありながらナチスに加担した暗い過去をもつというハイデガーの名前が、なんとなくカッコいいものとして頭に残っていたのだろう。ついでに可愛い女子がなにかの拍子にこの本に気付いて「そんな難しい哲学書を読めるなんてすごい、カッコいい！」ということになりはしないかと淡い期待を抱いてもいたのだが、もちろんそんなことは起こるはずもなく、次第に飽きてきて、読むのも面倒になってきた。

しかし文庫本とはいえ『存在と時間』は高かった。乏しい小遣いの大半をはたいて、学校帰りにデパートの書籍部まで足を延ばしてやっと手に入れた本である。なんとかしてモトをとらねばならない。その点、体育の授業はうってつけだった。あまり多くのものは持ち込めないから、五十分ほどの時間を潰すのに、その本を読むほか選択肢はない。バスケやバドミントンに熱中している同級生たちの邪魔にならぬよう、体育館の片隅、脚立やネットがごちゃごちゃと寄せ集められているところに紛れて、ぼくはページを繰る。

ギリシア人たちは「諸事物」をあらわす一つの適切な術語をもっていた。それは、プラグマタという術語であって、言いかえれば、ひとが配慮的に気遣いつつある交渉《プラクシス》においてそれと関係をもつ当のものである。（中略）われわれは、配慮的な気遣いのうちで出会われる存在者を道具と名づけようと思う。交渉において眼前に見いだされるのは、文房具、裁縫具、仕事や乗用や測量のための道具なのである。だから、道具の存在様式が明らかにされなければならないわけである。このことは、道具というものを道具たらしめる当のものを、つまり、道具的性格を、まえもって限界づけることを手引きとしておこなわれる。

うん、要するに、道具とは何かってことか。「配慮的な気遣い」というのはハイデガー独特の言い回しだけれど、そろそろ慣れてきたぞ。人間にとって、世の中に存在するものはたいてい、何かの目的のためにそこに存在している。字を書くためのペン、消すための消しゴム、それから……。あっ、ボールがこっちに飛んできた。座ったまま投げて返すけれど、ぼくの遠投力ではコート内まで届かない。てんてんと転がっていくボールを拾い上げたその生徒から、中断していた試合が再開される。あのボールも、球技をするための「道具」か。

　厳密に解すれば、一つの道具だけが「存在している」ことはけっしてない。道具の存在にはそのつどつねになんらかの道具全体が属しているのであって、そうした道具全体のうちでその道具は、その道具がそれである当の道具でありうるのである。道具は、本質上、「何々するための手段である或るもの」なのである。有用であり、寄与し、利用されることができ、手ごろであるといったような、この「手段性」のさまざまな在り方が、道具全体性というものを構成するのである。

　ハイデガーはハンマーを例に挙げる。ハンマーは何の理由もなしにあの素材、あの形で存在しているわけではなく、釘やなにかを打つという目的のもと「手段」として、木材や金属を組み合わせて作られたものとして初めて存在する。その木材はハンマーを作るための「手段」として伐《き》り出されてきたのだから、森に生えていた頃から「道具的存在者」であり、金属へと製錬し加工されるまえの鉱物もまた、地面に埋もれていた頃から「道具的」に存在していたのだ、ということらしい。あらゆるものは誰かにとっての「道具的存在者」だということを、ハイデガーはいささか詩人めいてこう語る。「植物学者の植物は畦道に咲く花ではなく、地理学的に確定された河川の『水源』は『地に湧く泉』ではない。」

遠くでワッと歓声があがる。視界からハンマーや植物学者の幻が消える。誰かが活躍したのか、それともお調子者がしくじったのか。ここからではよく見えない。ぼくの周りには誰もいない。壁に立てかけられた脚立、ごちゃごちゃと絡まったネット。……数人がぼくのほうに近付いてきた。それでようやく気付く。さっき歓声があがったのは、ボールがあらぬ方向に飛びすぎてネットにひっかかったからで、彼らはそれを取るために脚立を立てようとしているのだ。それまでぼくと共に片隅に追いやられていたネットが、脚立が、ふいに脚光を浴びる。思えばネットも脚立も、何かの「手段」として作られた「道具的存在者」である。ネットはボールが外に飛び出してしまうのを防ぐために、脚立は高いところに上がってしまったボールを取るために、それぞれ「有用であり、寄与し、利用されることができ、手ごろである」のだ。一方、ハイデガーによれば人間の存在様式は「道具的存在」ではなく、「現存在」とか「世界内存在」と呼ばれる。ぼくだけが「道具的存在者」ではなく、それゆえ、ぼくは脚立やネットのように有用でもなければ何の寄与もできない、利用価値のないものとして存在しているのであった。

やがてボールは回収され、間もなく授業も終わった。だが、自分の存在が脚立以下、ネット以下だと知らされてしまったぼくの屈辱感だけは拭い去れずに残っている。いくら『存在と時間』のページを繰っても、ぼくたち「現存在」はいつか死ぬという以外なにも確実なことがわからないとか、それゆえ「世界内存在」は生まれ落ちたときから《不安》

であることを運命付けられているとか、よけい落ち込むようなことしか書かれていない。かくしてぼくはますます鬱屈し、自分が「死」と「不安」のほか何ひとつ確かなものをもたない「現存在」であることを確認するため、なかば自傷行為めいた気分で、いよいよ厭世的な顔をしてハイデガーに読み耽るのであった。

記憶の周波数 ――『物質と記憶』

中高生のころ、馬鹿みたいにラジオばかり聴いていた。田舎だし、裕福な家でもなかったので、パソコンもテレビも家族共用のものしかなく、街中に出ていくお金もない。手の届く範囲でぼく一人のものとして所有できるのはラジオぐらいしかなかったのだ。ホームセンターで買った千円の携帯ラジオや、祖母が大正琴や踊りの練習のために買って放置されていた古い「ダブルラジカセ」――いまの若者は知らないであろう、カセットテープからカセットテープに音楽をダビングできるよう二つのカセットを挿入できるようにした大型のラジカセである――が外の世界とつながる唯一の手掛かりだった。不幸中の幸いというべきか、あまりに田舎なので都市部と違って電波が届きやすく、北は札幌のＨＢＣから南は福岡のＲＫＢまで日本中のＡＭ局を受信することができたから、全国で放送されている中から好きな番組を組み合わせた自分だけのタイムテーブルを組んで、多いときには一週間に三十もの番組を聴いていた。複数局にネットされている番組だと一週間に二度も三度も聴いたり（ラジオ大阪の番組「國府田《こうだ》マリ子のＧＭ」などは他に地元のラジオ福島・神奈川のラジオ日本・札幌のＨＢＣ・長野の信越放送などで聴けたので週に四回も五回も聴くことさえあった）、より受信環境のいい局で聴いたり（東京の文化放送は近い周波数帯により出力の強い韓国のラジオ局があって受信しにくいので、同じ番組が北海道のＨＢＣなどにネットされている場合はそちらで聴いていた）、ある局で野球中継が延びて聴きたい番組が中止になると別な局の裏番組にチューニングを合わせたり、とにかく日本中のラジオ局の電波を拾っていたから、各局の周波数を暗記してしまっていた。

いまはその多くがネットに移行してしまったが、そのころはアニメやゲームの新作が出るたび宣伝も兼ねて声優の出るラジオ番組がＡＭ局でたくさん放送されていて、アニラジと呼ばれるそうした番組を浴びるように聴きながら、毎晩、夜中の二時か三時まで起きていた。ただ起きてラジオを聴いているだけだと眠くなるので「ついでに」受験勉強もしていたから家族には勉強熱心な息子だと思われていたようだが、深夜ラジオの醍醐味《だいごみ》といえば投稿ということで、参考書の陰に隠してネタ葉書を書いたりしていた。そのなかでも会心の出来だったのが高校一年のとき、十年以上続いた人気番組「田村ゆかりのいたずら黒うさぎ」の「冬の読書感想文」というコーナーで採用された長文ネタだった。番組側からリスナーにおよそ読書感想文向きでない本を一冊ずつあてがって、その感想文という名目でネタ投稿をさせる企画で、ぼくの家にも東京の文化放送から『クイズ１００人に聞きました』の番組本が送られてきた。以下が二〇〇六年一月二十八日に放送された、その「感想文」である。

「さらば、わが時代の昭和」　県立福島高校一年 吉田隼人

時の流れというものは大変うつろいやすい。これは我々人間に過去を認識する力が備わっているかららしい。今回感想を述べる『クイズ100人に聞きました』の表紙を飾るのは、若かりし日の関口宏氏である。この頃は黒々とした髪に笑みを浮かべていた彼も、いまやロマンスグレーの渋い姿となった。つくづく時の流れというものの存在を思い知らされる。本の奥付を見ると、昭和五四年六月三〇日初版発行とある。西暦に直せば一九七九年である。

一七六ページを見ると、時の総理大臣・大平正芳の名前が見える。主婦百人に彼の好きなところ、嫌いなところを聞いたようだ。主婦百人中二十三人の票を集めた、首相の嫌いなところは「話し方（アーウー）」と、大平首相は、圧倒的な不人気であった。

そういえば、この本の前書きにこのような文面が記載されている。「家庭や職場、友人同士でどれだけ当たるか、あなたも番組の出場者になったつもりで遊んでみてください」。かなり衝撃的な内容である。この本はクイズをして遊ぶために出版されたのだ。つまり、

「ケンジ、ケンジ！　早大生100人に聞きました」

「なんだよ、いきなり」

「かわいい女の子にじっと見つめられたら、あなたならどうしますか？」

「母さん、どうしちゃったんだよ!?」

「さぁ、時間が迫っていますよ」

「なんで肘をつくんだよぉ」

「お答えは？」

「目を……そらす？」

「あるあるあるある！」

「と、父さん。一体どうしちまったんだ!?」

（ジャーンジャーンジャーンジャーンジャーンジャーン♪　ピンポンピンポンピンポン！）

「どこから効果音が!?」

「はい、『目をそらす』は第三位です」

「もう、みんな揃《そろ》ってどうしたんだよ！」

と、いうようなことだろうか。

先の前書きには「この程度の問題なら簡単だと思う方、ご家族五人一組で参加してみませんか？　司会の関口宏さんはじめスタッフ一同、みなさんの参加をお待ちしております」と書かれている。

しかし、最早《もはや》「１００人に聞きました」は放送されていない。

関口宏は、ぼくを待ってはいないのだ。

この文面を見て、ぼくはある種の寂しさを抱いた。時の流れは戻らない。それを実感したのだ。だからぼくは言おうと思う。「さらばわが時代、昭和よ」と。

わざと真面目ぶって書いた、平成生まれのくせに「わが時代、昭和よ」と言うところまで含めてネタのつもりという、改めて見直すと恥ずかしい文章なのだが、人気声優の田村ゆかりさんがその実力を存分に発揮し、途中の寸劇部分では声色を使い分けて熱演までしてくれたこともあり、放送ではけっこう聴ける内容になっていた。いずれにせよ、これが十六歳のぼくの文章である。

弁解はともかく、いま読み返してみると冒頭で「時間」について省察している部分は、当時はネタのつもりで軽く書き飛ばしたに違いないのだが、その後いろいろと哲学や文学へ深入りしていく萌芽《ほうが》のようなものを感じさせなくもない。高校時代にハイデガーの『存在と時間』をかじり、大学に進んでからはフランス語の勉強も兼ねて、何人かの先生が推奨していた哲学者アンリ・ベルクソンの時間論に手を伸ばした。主要な著作はほとんど文庫に入っていたから、その美しい文章を夏目漱石や芥川龍之介も愛読した『時間と自由』あたりを手始めに、時計で測れる時間とは別な「純粋持続」としての時間体験を説く独自の思想をしばらく追いかけていた。ちょうどそのころ、フランス現代思想の旗手ドゥルーズの映画論と哲学を一体にした二巻本の大著『シネマ』の邦訳がようやく出揃ったこともあり、そこで大胆な読み直しを図られている『物質と記憶』はぼくの所属していた表象・

メディア論系というところでは必読書のひとつに数えられており、これは勉強せねばならないまいと複数の邦訳を集めて読み比べたりした。ひさびさに邦訳のページを繰ってみるとあちこちにボールペンで傍線や書き込みがしてあり、幼いなりに必死で喰らいつこうとしていたのだなぁと懐かしくなる。

ベルクソンによれば「時間に固有の性質は、流れることである。そしてすでに流れた時間は、過去であり、現に時間が流れつつある瞬間を、わたしたちは現在と呼ぶ」（『心と身体　物質と記憶力』岡部聰夫訳、駿河台出版社）。過去とは流れ去ってしまった時間のことだから「現在は、原則的には、過去を排除する」。過去というのは実在しない。実在するのは記憶だけである。日本語に訳してしまうとどちらも記憶としか言いようがないが、ベルクソンがいう記憶にはメモワールとスヴニールがある。膨大に蓄積された記憶がメモワールで、そのメモワールのうち人間はそのつど有用なものだけを選んで思い出す、その「思い出す」という動詞が名詞化したものがスヴニールだ。人間は「現在」見えているものや聞こえているものをすべて知覚できるわけではない。そんなことをしたら処理能力が追いつかなくてパンクしてしまう。未来につながる行動をとるために有用な情報だけを選びとって知覚している、つまり、都合のいいものだけを見たり聞いたりするようにできているわけだが、都合のいいものとそうでないものを判断する基準が「記憶」だとベルクソンは説明する。

「記憶力のはたらき、すなわち、過去のもろもろのイマージュの残存を考慮に入れるなら、これらのイマージュは、絶えず現在のわたしたちの知覚に混入し、この知覚に取って代わることさえある」ゆえに、「知覚するとは結局、過去のイマージュを想起するきっかけにすぎない」のであり、「わたしたちは実在感の度合いを、実際には有用さの度合いで測っている」ということになる。人間にとって過去は記憶、未来は行動、そして現在は知覚としてあらわれる。けれどもそれぞれまったくの別物ではなくて、未来に向けて行動するためには現在の状況をできるだけ的確に知覚しなくてはならないが、その知覚のためには背後にある膨大な記憶の蓄積から有用なものだけを思い出してこなくてはならない。たくさんの記憶が「現在」という瞬間をあらわす一点に向かって収斂《しゅうれん》していく構造をベルクソンは逆円錐形《えんすいけい》の図であらわしている。底面のほうへ無限に拡がっている記憶はコーンの頂点に向かって細ってゆき、その鋭くとがった頂点としての「現在」は未来に向かって突き刺さっていく。

　現在を生きるとは未来に向かって生きることであると同時に、つねに過去を思い出しながら生きることでもある。十六歳のぼくはラジオに投稿するネタを「時の流れというものは大変うつろいやすい。これは我々人間に過去を認識する力が備わっているかららしい」と書き出したとき、すでにそのことを感覚的にわかっていたのかも知れない。そしてベルクソンによれば未来に向かって生きるとは、現在という一点にあって過去の記憶を参照しながら、無数の潜在的な可能性の中からそのどれか一つだけを選びとって現実のものとしていくことである。夜更け過ぎ、ラジオに耳を傾ける十六歳のぼくの前には、それと気付かぬままに無数の可能性が広がっていたはずだ。そのときの選択によっては、ぼくは仏文科の大学院生ではなくて、医師になっていたかも知れないし、弁護士になっていたかも知れないし、あるいは死んでいたかも知れない。短歌ではなくて釣りに打ちこんでいたかも知れないし、けん玉の名人になっていたかも知れない。ぼくが選びとって実現した「未来」は仏文科の大学院生になって、短歌を作ったり文章を書いたりすることだった。無限に拡がっていたはずの可能性から現在の人生を選んだのはたまたまに過ぎないが、ベルクソンの考えに従っていえば、そのたまたまこそが運命であり、人間が自由意志によって選びとった未来なのである。選択されなかった別の世界の「現在」には、医師になったぼくやけん玉名人のぼくがいるのかも知れない。そしてそのことを、ベルクソンは論文集『思想と動くもの』(河野与一訳、岩波文庫)のなかでラジオにたとえている。

別の選択に応ずる別の世界が幾つも同じ場所および同じ時間にこの世界とともに実在してもいっこうに差しつかえはない。ちょうど多くの異なる放送局が同時に多くの異なるコンサートを放送し、それらのコンサートのいずれもが他局の音楽に音を混ぜず、一つひとつが、放送局の波長を選んで受ける受信機によって完全にかつそれだけ聴かれながら、同時に存在しているようなものである。

十六歳のぼくは放送局の周波数を選んでいるつもりで実は、それと知らずに自分の未来までも選んでいたのかも知れない。いまでも古いカセットテープを再生すると、田村ゆかりの声の向こうに、記憶の中のぼくがラジオのダイヤルを回す姿が浮かび上がってくる。まったく、「時の流れは戻らない」。ふざけて書きつけたはずの言葉が電波を介して未来の自分を困らせるとは、あのときぼくはまだ夢にも思っていなかったのだ。

浅茅が宿の朝露 ——『雨月物語』

小さな、赤いハードカバーの本だった。金文字で小さく「Contes de pluie et de lune」とだけ刻印されている。手にとると、挟んであった厚紙のようなものがひらひらと足許に落ちた。あわてて拾い上げると、きれいな彩色の浮世絵かなにかが印刷されている。ややあってその片隅にリーヴル・ド・ポッシュ——フランスの代表的な廉価本——の商標があるのを見付けてようやく、もともとペイパーバックの廉価本だったのを元の持ち主がわざわざ製本させ、しかも絵のうつくしさが気に入っていたのだろう、表紙も栞《しおり》がわりに残して大事にとってあったのだということがわかった。大学そばの古書店でのことである。

習い覚えたばかりのおぼつかない学力で、そのフランス語タイトルを読みなおす。コント・ド・プリュイ・エ・ド・リュヌ。雨、と、月、との、短篇集。ひっくり返して目次を確認する。なぜだか知らないが、フランス語の本は英語や日本語とちがって目次がたいてい巻末についている。短篇のタイトルがいくつか並んでいるのを、ひとつひとつ口のなかでもごもごと音読する。ラ・メゾン・ダン・レ・ロゾオ。葦《あし》の、なかの、家。ランピュール・パッション・ダン・セルパン。ある、蛇の、不純な、想い。そうして読みあげてゆくうちに、ぼくは言いようのない懐かしさに襲われた。少年の日。ぼんやりとした光のさす高校の教室。早朝で、まだ誰も登校していない。ぼくはひとり、うすっぺらな本をめくっている。じれったいほどの速度でしか読めないその本は、決して楽しみのために編まれたものではない。にもかかわらず、その読みにくい文章の向こうにぼくは確かに夜明けの光を、冷たくしたたる朝露を幻視していた。——ぼくはむかし、まだフランス語など知らなかったころ、既にこの本を読んでいるのだ。

山間部の農村から地方都市の高校へ通うには電車に頼るほかなかったが、なにせ田舎なので本数が少ない。八時前に出る電車では学校に着くころには遅刻ギリギリだ。その一本前の電車は六時台に出る。これではだいぶ早すぎるのだが、背に腹は代えられない。ぼくは毎朝五時過ぎに起き、弁当をぶらさげて家を出た。学校に着くのは七時半ごろ。校庭のほうから朝練の声がきこえるが、まだ教室には誰も来ていない。朝のホームルームまではまだ一時間はたっぷりある。田舎の中学からきて遅れているぶんを取り戻そうと、ぼくはその一時間を勉強に宛てていた。チャート式を相手に数式と悪戦苦闘したり、呆然と英単語帳を広げていたり。その日は国語。国語だけは得意だったから、教科書に載っているうち授業では扱わない単元を勉強することにした。

うすっぺらな古典の教科書を開くと、まずごく簡単なあらすじが載っている。戦乱の時代、家に妻をのこして出稼ぎにいった男が、長い歳月を経てようやく荒れ果てたわが家に帰ってくる。その帰ってきた場面から文章は始まっていた。

家からは灯が漏れている。長いこと音信不通にしてしまって、もういないものと思っていた妻がまだ住んでいるらしい。声が聞こえる。男は呼ぶ。「我こそ帰りまゐりたり。かはらで独自《ひとり》浅茅《あさぢ》が原に住みつることの不思議さよ」。すると疲れ果てた様子の妻があらわれる。「いといたう黒く垢づきて、眼《まみ》はおち入りたるやうに、結《あ》げたる髪も背にかかりて、故《もと》の人とも思はれず。夫《をとこ》を見て物をもいはで濟然《さめざめ》となく」。美しかった妻が疲れ果てて、すっかりやつれて身なりにもかまわなくなってしまっている。そのどこか壮絶な色気が漂ってくるようで、とても教科書に載っている文章とは思われなかった。夫が去ってから多くの男に言い寄られた彼女は「玉と砕けても瓦の全きにはならはじものを」と強い意志でかれらをはねのけるが、夫はいつまで待っても帰ってこない。女は切ない想いを吐露する。「銀河秋を告ぐれども君は帰り給はず。冬を待ち、春を迎へても消息《おとづれ》なし。今は京《みやこ》にのぼりて尋ねまゐらせんと思ひしかど、丈夫《ますらを》さへ宥《ゆる》さざる関の鎖《とざし》を、いかで女の越ゆべき道もあらじと、軒端の松にかひなき宿に、狐鵂鶹《きつねふくろふ》を友として今日までは過しぬ」。切々と訴えるその悲しい声を、ぼくは耳の奥ふかくで聴いていた。怨《うら》み言をつらねながら「逢ふを待つ間に恋死なんは人しらぬ恨みなるべし」と泣き崩れる妻を慰めて、男はともに床に就く。

そして朝がくる。男は寝ぼけながらも思う。なんだか肌寒いし、さやさやと音がする。

どうしたことだろう。「面《かほ》にひやひやと物のこぼるるを、雨や漏りぬるかと見れば、屋根は風にまくられてあれば、有明月のしらみて残りたるも見ゆ。家は扉もあるやなし。簀垣《すがき》朽頽《くちくづ》れたる間《ひま》より、荻薄《おぎすすき》高く生出《おひ》でて、朝露うちこぼるるに、袖湿《ひ》ぢてしぼるばかりなり。壁には蔦葛《つたくず》延《は》ひかかり、庭は葎《むぐら》に埋もれて秋ならねども野らなる宿なりけり」。顔につめたい水滴があたる。雨漏りかと思って目をあけると、そこには夜明けの空が広がっていた。屋根などとっくに風に飛ばされてなくなっていたのだ。無惨に朽ち果てた廃屋のなか、ぼうぼうと生い茂る雑草に埋もれるようにして寝ていた男の顔や衣服に、朝露がぽつりぽつりと落ちている。――ほとんど映像的な文章である。朝のうすぐらい教室で古びた椅子に腰かけていながら、ボロボロに崩れた屋根、その穴からのぞく西の空にぼんやりとかすれたような白さで残っている月、雑草ひとつひとつのくすんだような色合い、そこからしたたり落ちる朝露の残酷なきらめき、それらすべてが確かにありありと見えていた。辞書を引き文法書を繰りながら、主語は誰かとか、敬語の方向はどっちかとか、そんなことばかり気にして読んでいた受験科目の「古文」がこのとき一瞬にして消え去り、現代のすぐれた作品を読むのと何ら変わらない「文学」として享受されたのである。古典とはいえ日本語には変わりないし、しかも王朝文学などと比べれば格段に読みやすい近世のことばではあるけれども、このときの喜びは新たな言語によって文学作品を味わいえたときのそれと同じものだった。やがて、すでに死んでいた妻のあまりに粗末な墓を見付けた男は泣き崩れる。「木の端を刪《けづ》りたるに、那須野紙のいたう古びて、文字もむら消《ぎえ》して所々見定めがたき」墓標には、しかし紛れもない妻の筆跡で「法名といふものも年月もしるさで、三十一文字に末期《いまは》の心を哀れにも展《の》べたり」。ぼつぼつと生徒の集まりはじめた教室の片隅で、ぼくはひとり、この哀れな墓標のすがたを見つめて懸命に涙をこらえていたはずだ。これがぼくと『雨月物語』（『改訂版　雨月物語』鵜月洋訳注、角川ソフィア文庫）の出会いだった。

　古書店の店先でぼくが手にした『雨と月との短篇集』にはUEDA　AKINARIと著者名が記されていた。ルネ・シフェールという人がフランス語に訳し、序文と註をつけている。いま手にしているこの赤いハードカバーに製本しなおした小さな洋書、上田秋成著『雨月物語』は、一九五六年にユネスコ叢書の一冊としてパリのガリマール書店から出版されたものを一九七〇年に廉価普及版として再刊したものだということが奥付によってわかる。むろん、「葦のなかの家La maison dans les roseaux」とは高校古典の教科書で出会ったあの「浅茅が宿」のことであり、この出会いをきっかけに他の物語も読んでみたくなり、学校帰りに書店でなけなしの小遣いをはたいて買った文庫本で、そのエロティックな表題に惹かれて初めて読んだのが「ある蛇の不純な想いL'impure passion d'un serpent」すなわち「蛇性の婬《いん》」であった。懐かしさとともにいささかの気恥ずかしさをおぼえつつ、内表紙の片隅に遠慮がちな鉛筆の字で「２５０円」と走り書きされたそのペイパーバックを大事にかかえて、ぼくは老婆がひとり店番している店内へと入っていった。

放課後の物騙り ——『アクアリウムの夜』

大学院の紀要に載った「怪物、あるいは可能なるものへの裂開」という論文で、ぼくは専門にしているジョルジュ・バタイユについて、彼が戦後主宰した書評誌『クリティック』に発表された書評「怪物的小説」（二見書房版バタイユ著作集『言葉とエロス』に山本功訳で「怪物じみた小説」として所載）を取り上げた。バタイユがこの文章で論評しているのは、十九世紀スコットランドの詩人ジェイムズ・ホッグの『義とされた罪人の手記と告白』（国書刊行会から『悪の誘惑』の邦題で高橋和久訳が刊行されている）という小説である。この小説が、読んでいただければわかるのだが何とも奇妙なシロモノで、バタイユという人は書評だろうと関係なく、対象とした本を出発点にして自分の思索ないし妄想をたくましく展開していく書き手なのだけれど、「怪物的小説」という文章ではあらすじや内容を把握して要約することに精一杯といった感じだった。

さしものバタイユでも要約に苦しんだこの小説をぼくが敢えて暴力的に紹介すると、概略以下のようになる。同じ名家に生まれた二人の息子が、兄は父の跡を継いで領主として世俗の権力を得る一方、弟は母とともに父から見放され、育ての父となった聖職者の影響のもと「救霊予定説」という過激なカルヴァン派の信仰に没頭していく。弟はドッペルゲンガーじみた不気味な男に導かれるまま、為した悪行が大きければ大きいほど、そうした罪人ですら救済する神の偉大さが証明されるという思想を狂信し、ついに兄を殺《あや》めるに至る。弟は裁判でこそ勝訴するものの、彼を唆《そそのか》した不気味な男こそは悪魔であったと確信し、手記を遺して自殺してしまう。その手記の前後に「編者の語り」としてこの事件のあらましと自殺者の墓から手記が発見されるまでのいきさつが語られるのだが、この小説の「怪物性」はここに生じる。兄殺しの犯人である弟の手記が客観的な情報を集めたはずの「編者の語り」と食い違う。それだけなら弟が事実を偽っているということになるだろうが、中立であるはずの編者はよく読むと殺された兄のほうにかなり肩入れしており、客観的なはずの「編者の語り」もその正しさには疑問符が付くことになる。さらに編者とは別に作者自身も「ジェイムズ・ホッグ」として登場し、彼が語る内容も「編者」のそれとはまたいくらか食い違ってくる。ホッグ自身の人生も、羊飼いとして無学のまま育ったのが大人になってから詩人としての才能を発揮して一躍文壇に認められるという伝説的なもので、彼の書いた小説も彼自身の生涯も、語られれば語られるほど何が事実で何が虚構なのかわからなくなるような、そんな奇妙な構造になっている（このあたりはホッグの邦訳者でもある高橋和久が研究社から『エトリックの羊飼い、或いは、羊飼いのレトリック』という面白い研究書を出している)。

　ぼくはこの種の、何人かの人物——その中には精神の均衡を崩し、正気を失った人物も含まれる——が語る物語がそれぞれ食い違って事実と虚構の境目がわからなくなる、いわば「物騙《ものがた》り」とでも呼ぶべきメタフィクション的作品が好きで、二〇〇一年発売の伝説的アダルトゲーム『さよならを教えて』や、二〇〇二年に角川スニーカー文庫「ミステリ・シリーズ」の一冊として、米澤穂信《よねざわほのぶ》の『氷菓』などと一緒に刊行された稲生平太郎《いのおへいたろう》『アクアリウムの夜』について、それぞれ大学三年と四年のとき、学内の雑誌『xett』に幼稚な批評を書いたことがある（『さよならを教えて』論を本書所収）。特に前者は、いわゆる「エロゲー」についての批評文が大学の公式Webサイトに掲載されたということでネット上でもちょっとした話題になったりしたのだが、それは別の話。ぼくが紹介したいのは小説『アクアリウムの夜』のほうである。

　ぼくがこの小説の存在を知ったのは中学三年の冬、ということは二〇〇四年の末ごろだったと思う。この年末に『このミステリーがすごい！』の増刊として出た最初の『このライトノベルがすごい！』はランキング（ちなみに一位が谷川流の『涼宮ハルヒ』シリーズで二位が西尾維新の『戯言』シリーズだった）よりも、まだライトノベルを総覧的に特集した雑誌やムック本が少なかった頃だから、ライトノベルの歴史についての詳細な年表や、これまでに刊行された名作をジャンルごとに紹介する頁など、資料的側面を重視した作りだった。そうした中の一つ、ホラー・オカルト系の作品を紹介するページに、恐らくは微妙な空白ができたゆえの埋め草記事のようなものだったのだろうが、執筆者がそのジャンルで個人的に推薦したい作品を何点か紹介するという小さなコラムがあり、そこに稲生平太郎『アクアリウムの夜』の名前があったのである。

その魅力的なタイトル、未知の著者名、読み終えてからも現実と虚構の境目があやふやになり背筋の凍る思いがするという煽《あお》り文句、そして作中に登場するという謎めいた暗号「いかなる死もh1を解読しない」……。中学生のぼくは一も二もなく惹きつけられたのだが、その二〇〇四年末の時点で既に「現在は入手困難」と書かれていたぐらいだったので、福島の片田舎から脱出する術《すべ》もなかった当時のぼくにはとても手に入れることのかなわない、まさしく「夢の一冊」、「幻の一冊」だった。ようやく入手したのは大学一年生の秋、それも角川スニーカー文庫版ではなくて、その元になった一九九〇年に書肆《しょし》風の薔薇（現在の水声社）から刊行された単行本のほうだった。水声社の雑誌が関係しているシュルレアリスム美術についてのシンポジウムで配られていた刊行書目のカタログに長年来探し続けてきたこの小説が載っているのを見付けて、さっそく注文したのである。

この小説もホッグのそれとよく似た、複数の人物による語りが互いに食い違い、ついにどこまでが実際に起こった事件で、どこからが妄想だったのかわからなくなる怖い「物騙り」である。高校生の主人公「ギー」こと広田義夫、それに友人の高橋と幼馴染の良子の三人は、何でもない、春のもの憂い放課後に起こった小さな、ほんの小さな出来事をきっかけに、なぜか水族館のある内陸の町に隠された、不気味な闇の部分に触れることとなり、三人のうち一人は死に、一人は行方不明になり、残る一人も狂気に陥ってしまう。そうして既に「すべてが終わってしまった」後になって「取り返しのつかない出来事」として事件を語り……いや「騙り」だすこの小説は、木村敏《きむらびん》が鬱病の時間感覚を「祭りの後（ポスト・フェストゥム）」と規定したその意味で、今のぼくには頁をめくり直すのもためらわれるほど生々しいメランコリーに満ちた作品だ。文化祭や夏休みも含め、学校生活にぽっかりと空いたエア・ポケットのような時間、それをぼくはまとめて「放課後」と呼びたいのだが、そこには青春の、ないしは思春期の真っただ中にあっては気付かなかったものの、今から思い出すとゾッとするような、一歩間違えば命取りになる落とし穴がたくさん潜んでいた。あるいは、思春期という時代をぼくたちはみな、それと気付かぬまま危険な綱渡りとして通過してきたのかも知れない。その綱渡りに失敗し、真っ逆さまに墜落していった少年少女たちの姿をあまりにも痛々しく、そしてそれゆえに甘美に描き出したこの小説については、作者自身がその想いを語った「思春期をめぐる物語」という文章がファンサイトに全文転載されているため、検索すれば容易に読むことができる。

　だがその文章と同じくらいこの小説の作者自註として有用な文章に、のちになってまとめられた彼の評論集『定本　何かが空を飛んでいる』（国書刊行会）に収められた「平田翁の「夏休み」――『稲生《いのお》物怪《もののけ》録《ものがたり》』をめぐって」がある。歴史の授業ではせいぜい狂信的な国学者としてしか習わない平《ひら》田《た》篤胤《あつたね》が妖怪変化の世界を研究した著作の一つ『稲生物怪録』を論じたこの短い文章は、江戸時代に備後国の武家に生まれた十六歳の少年がひと夏に経験した妖怪騒ぎを記録した『稲生物怪録』を「夏休みの冒険を描いた一篇の少年小説」として読み直そうとする試みである。そしてその「夏休み」は多くの少年小説における夏休みがそうであるような、少年から大人への成長のためのイニシエーションとして機能することが決してない。それは「忽然とやってきて、また忽然と去っていった」「根源的郷愁性」をもつ〈夏休み〉であり、「成長の如きものとは無縁でなければならない」し、しかし「わたしたちのもとに突然やってくる」、それも「程度の差はあれ、すべての人に訪れるはず」の〈夏休み〉なのである。これを著者は「〈存在〉の〈夏休み〉」と名付ける。そして著者は、たった一度きりの「存在の夏休み」を体験してしまった少年たちの末路は「（1）身をもちくずす、（2）生涯を〈夏休み〉の捜索に費やす」の二通りしかないと結論付けるのであった。ここで「存在の夏休み」と呼ばれている時間は、別なエッセイで彼が「思春期」と呼んだ時間に通じるものであり、また、ぼくが『アクアリウムの夜』について書いた「放課後」の時間とも同じものを指すのだろう。

　ここまで読んできて見当のついた人も多かろうが、著者の「稲生平太郎」というペンネームはこの『稲生物怪録』の主人公・稲生平太郎少年に由来する。『アクアリウムの夜』では幻想文学の研究と翻訳に従事している、とだけ書かれていたこの謎めいた著者「稲生平太郎」の正体は、京都大学出身でロマン主義小説を中心に幅広い研究をおこない、某国立大学の教壇に立つ英文学者・横山《よこやま》茂雄《しげお》だった。憧れの小説の著者が国立大の教授であると初めて知ったときぼくはまだ進路を決めあぐねている高校生で、進路希望調査のたびに志望校が変わるので呆れられていたのだが、これこそ運命だと思ってさっそく用紙の第一志望校の欄に横山＝稲生の勤務先の大学名を書いたところ、進路指導室に呼び出された。われを忘れて「教わりたい教授がいるのです」と熱っぽく志望動機を語るぼくに、先生はひどく困惑した様子で「君はこの大学には絶対に進学できない」と懸命な説得を試みた。なんのことはない、稲生平太郎＝横山茂雄が教鞭をとっているというのでぼくが進路希望調査用紙に書いた国立大学の名前は奈良「女子」大学だったのである。興奮のあまりぼくは自分の性別を考慮に入れるのを忘れていたわけだ。

こうして憧れの著者に教わる夢を諦めたぼくは早稲田大学に進んで大学院に残り、冒頭で触れた論文を書くためジェイムズ・ホッグについての研究書を探すことになった。そこでホッグのこの小説に一章を割いた英文学書を手にとって、ぼくは思わぬ偶然に驚愕《きようがく》させられることになる。『異形のテクスト』（国書刊行会）と題されたその書物こそは横山茂雄、すなわち『アクアリウムの夜』の作者・稲生平太郎の博士論文なのであった。二つの「物騙り」の間には既に、ぼくの知らないところで伏線が張り巡らされていたわけである。

コッペリウスの冬 ──『砂男』

時間と記憶は溶解しあっている。これらは、一枚のコインのふたつの面に似ている。時間がなければ、記憶もまた存在しえないということは、まったく明らかである。（中略）記憶を欠くと人間は、虚妄の存在のなかに囚われてしまい、時間から脱落し、自分に固有な外部世界との関係を確立することができなくなる。つまり彼は狂気を運命づけられてしまうのだ。

（タルコフスキー『映像のポエジア　刻印された時間』鴻英良訳）

冬至が近かったから未明といっても朝の五時か六時にはなっていたのだと思うが、それにしても真っ暗な部屋に父の押し殺した声がして、ぼくたち兄妹はそれぞれ起こされた。母方の祖父が亡くなったのだ。そのころ学校をやめて家にいた妹はともかく、ぼくは高校三年、冬休み返上でおこなわれていた補習授業を休むため自分で忌引の連絡をしなくてはならなかった。とはいえ祖父の死は急なことでもなく、夏のはじめにはすでに余命がいくばくもないと告げられていた。だからこそぼくは「祖父の生きているうちに合格証書を見せたい」と親や教師を説得して、まんまと東京の私大への推薦枠を押さえておいたのだった。受験を目前にしてぴりぴりしたなかに推薦で進路が決まっている生徒が紛れこんでいると教室の空気が悪くなる。それにせっかく推薦が決まったのだから、みすみす取り消されるような問題を起こすこともないだろう。——そんな思惑をにじませた声で、電話口の教師は補修には冬休みいっぱい出なくてよい、と言い、型どおりのお悔やみのあと、通話を切る前にぼくを気遣う言葉を添えた。せいいっぱい強がってみせても声の震えは電話の向こうにも伝わってしまっていたのだろう。電話を終えたぼくは真新しいスーツに着替え、慣れない手つきで黒のネクタイを締めた。入学式のために生まれて初めて仕立てたスーツがその前にまず喪服として役立ってしまった、その悔しさと悲しさで涙をぼろぼろ零《こぼ》しながら。

ふすまを外された母方の実家は呆れるほど広く見えた。仏間で遺体との対面を終え、親族へのあいさつを済ませてしまうと、十八歳のぼくになすべき仕事はもう残されていない。弔問客への対応は大人が交代でおこなう。ぼくと妹は控室も兼ねた、母がむかし使っていた部屋で、気まずい空気のなか暇をもてあましていた。その部屋には母がかつて読んだであろう古い少女漫画と、こちらは買っただけでろくに読まなかったらしい世界文学全集とが揃っていたから、妹は前者を、ぼくは後者をそれぞれ手にとってはみたけれど、二人ともこういうときに集中して読書できるほどの精神的余裕はなかった。それでも日取りの関係で通夜と葬儀は数日先に決まり、いよいよ有り余った時間を結局ぼくたちは本ばかり読んで過ごした。妹がなにを読んでいたのかは知らないが、ぼくは文学全集のうち知っている名前の巻はすべて引っ張り出してきて、とりあえず中を覗いてみた。プルーストやジョイス、ヘンリー・ミラーにメルヴィル……といった長篇はとても読む気になれず、自然と目は詩や短篇を収めた巻のほうへと向かう。ときおり箸休めに妹から『あさきゆめみし』を奪い取って眺めつつ、エドガー・ポーとボードレールをひととおり斜め読みするうちに通夜も終わり、次に似たような傾向の作家としてホフマンの巻を選びだしたころ、ぼくは両親に呼び出された。

葬儀の日は、ぼくが推薦で受かった大学のガイダンスと重なっていた。ガイダンスといってもどうせ大したことはなかろうからてっきり葬儀を優先するものだとばかり思っていたが、両親も祖母も、親戚みながなんだか悲愴な顔をして、ガイダンスのほうに行くよう言う。そんなわけで旅費まで渡されてしまったのでぼくは新幹線で東京へ行き、祖父が焼かれて灰になっているころ生まれて初めて地下鉄や山手線にも乗ったはずなのだが、そのあたりの記憶はまったく残っていない。ガイダンスでもおよそ重要なことは何も話されなかった。俳優の小日向文世によく似た教授が「キャンパスそばの道路が人でいっぱいだから、さすがW大学だと思ってみなさん驚いたでしょう、でも実はあれはうちの大学とは関係ないんです、今日は向かいにある八幡さまの冬至のお祭りなんですよ」と言って笑っていたことしか覚えていない。そこで最も重要なのはガイダンスそのものよりも、付随しておこなわれる生協と提携した不動産屋による物件のあっせんであり、次に重要なのはいち早く友達をつくることであった。地方から出てきたらしい親子連れは前者、ガイダンス中も人目をはばからずキャッキャとはしゃいでいた女子生徒たちは後者が目的だったわけである。どちらにも入れないぼくはひとりぼっちで学食の椅子に腰かけ、読みさしのまま持ってきていたホフマンの続きを読むことにした。人形に恋する男の話だとどこかで聞き知っていたので勝手に甘美な物語を期待して「砂男」を読み始めたのだが、予想に反して活字のあいだからは、つい今朝がたまでずっと嗅《か》いでいた線香の煙のようにひたすら陰気な匂いが立ち昇ってきた。

主人公の大学生ナターナエルは幼いころ、早く寝ないと砂男が来るよとおどかされて育った。母親は「砂男なんていないのよ、坊や」「砂男がくるって、わたしが言うのはね、あなたたちがもう眠くて、砂をかけられたときみたいに目が開けていられなくなった、ということ。それだけのことよ」（『砂男／クレスペル顧問官』大島かおり訳、光文社古典新訳文庫）と諭すが、お守りをしてくれる婆やは砂男の物語を話してくれ、ナターナエルの恐怖を煽る。「子どもがベッドに入りたがらないと、そいつがやってきて、両手いっぱいの砂をその子の目に投げつけるんですよ。すると眼ん玉が血だらけになって飛び出すから、それを袋に入れて半月にある住みかにもってかえって、自分の子どもたちの餌にする。半月の巣には、フクロウみたいに先の曲がったくちばしの子どもたちがいましてね、言うことをきかない人間の子の眼ん玉をつついて食べてしまうんですよ」

そんなおとぎ話を信じるような年ごろでなくなっても、ナターナエルは父親のもとを訪れる不気味な老弁護士コッペリウスを砂男ではないかと思いこむ。我が物顔で家に上がりこみ、子供たちにいやがらせをし、遂には父親を死なせてしまう醜悪なこの老弁護士が、彼には大人になった今でも子供たちの眼球をくりぬいて奪うためやってきた砂男としか思われない。コッペリウスによく似た晴雨計売りコッポラの訪問をうけて、ナターナエルはあの砂男が帰って来たのではないかと半ば錯乱に陥り、恋人クララの兄ロータルに宛てて恐怖を書きつづった手紙を送る。兄より先にその手紙を読んだクララは、コッペリウスが砂男でもなければ、父親の死がコッペリウスのせいではなく不幸な事故によるのだと説得する手紙をよこす。ナターナエルは改めてロータルに宛て、子供の頃に怖れていた弁護士コッペリウスと晴雨計を売りに来たコッポラとは別人だと理解したと手紙を書き送る。しかし彼は物理学教授スパランツァーニが自宅に閉じ込めているという娘オリンピアに魅かれはじめていた。

コッポラに遭遇して以来、芸術家肌のナターナエルはすっかり精神的に不安定になってしまう。「陰鬱な顔をして夢想にふけっていて、やがてはそれが、これまでの彼には一度もなかったほどの異常さに達した。いっさいが、全生活が、彼には夢と予感だけになってしまった。口を開けばいつもいつも、人間はだれしも自分は自由だなどと思っていたって、じつは暗黒の力の軛《くびき》につながれて恐ろしい芝居をやらされているにすぎない、いくら抵抗したって所詮《しょせん》むだなこと、おとなしく運命の定めに従うよりほかない、などと言う」

祖父の死とそれにまつわる慌ただしい動きに接して気分が落ち込んでいたのだろう、この日、ぼくもまた一人のナターナエルだった。ひとはみないずれ死ぬ。じぶんが死ぬぶんには仕方がないが、じぶんが生きているうちに愛する人びとの死に遭遇するのは耐えがたい。何とかしてそれを逃れる手立てはないものか。ぼくは思い出のなかに逃避する。ガイダンスを終えた新入生たちがうろうろする学食のカフェテリアには、硝子《ガラス》天井から冬の夕陽がさしこんでいる。その光のむこうに、ぼくはさんさんと照りつける夏の陽光を透かし見る。祖父に連れられて何度となく入った畑、里山、そこを流れる渓流で目にした沢蟹、赤腹いもり、山椒魚、そして無数に飛び交う薄羽かげろう……。

ナターナエルがコッペリウスの記憶にとらわれていたのは恐怖のゆえであり、ぼくが祖父の記憶にとらわれているのは哀惜のゆえである。ベクトルは真逆だけれど、そこに働いている力は大きさも、質もよく似ていた。亡霊のようにつきまとう過去、その記憶に心を奪われているかぎり、いまの眼に映じる世界は色褪せた陰鬱なものでしかなくなる。コッペリウスの記憶にとらわれたナターナエルは錯乱し、クララとの関係も悪化していき、冷静に諭そうとする彼女に向けて「きみはいのちのない自動人形だ！」という言葉さえ投げかけてしまう。そして晴雨計を売りに来た、あのコッペリウスによく似たコッポラなる男とふたたび遭遇する。

「晴雨計はいりませんよ。お帰りください！」

「ほう、晴雨計はいらん、晴雨計はいらんとね！　だがきれいな眼ん玉もあるぞ——きれいな眼ん玉もな！」

「なんてばかな、どうして眼玉を？　眼玉——眼玉だと？」

「さあ——さあ——眼鏡だ——眼鏡を鼻にのせてみるがいい、これがわしの眼ん玉じゃ——きれいな眼ん玉だぞ！」

眼ん玉だといって眼鏡を売りつけてくるコッポラはいよいよ砂男めくが、そのコッポラからナターナエルは望遠鏡を買ってしまう。彼は夢中になって望遠鏡でスパランツァーニ教授の家をのぞき、恋人クララのことなど忘れ、家から出てこない謎めいた娘オリンピアに想いを募らせる。そんなオリンピアがついに教授宅のお茶会でお披露目される日がくるのだが、彼女は硬直したように棒立ちで、くちづけても氷のように冷たく、ろくに口もきけない。どこか不気味なオリンピアにひとり恋い焦がれるナターナエルを捕まえて、友人ジークムントは忠告する。「彼女はぼくらには——気をわるくしないでくれよ——異様なほど硬直していて、魂がないように見えた。（中略）美人といってもいいほどなのだが、ただ、あの目がねえ、生きた光がまるでない、いや、なにも見えていない目だと言いたいほどだよ。歩き方にしても妙に規則正しいし、動作の一つ一つが、ぜんまい仕掛けで動いているみたいだ。ピアノも歌も、演奏機械みたいに拍子は不快なほど正確だが、心がこもっていない。ダンスも同じだ。ぼくらはそういうオリンピアがすっかり気味わるくなって、あんなのと係わりあうのはいっさいご免だという気持だったよ」

当然のごとくジークムントの予感は当たっていて、実はオリンピアは命も魂ももたない人形に過ぎない。しかし誠実な愛情をそそいでくれた恋人クララを「自動人形」呼ばわりするまでに錯乱してしまったナターナエルにとっては、すべてが逆転してしまっている。

「きみたちのように冷ややかで散文的な人間には、オリンピアは不気味だろうさ。詩的な心情は同じ心情の持ち主にしか心をひらかない！　ぼくにだけは、彼女の愛のまなざしがわかり、その光が感覚と思考を明るく照らし出してくれた」と彼は言う。ナターナエルにとってコッポラ＝コッペリウスは砂男であると同時に、死神の一種だったのかも知れない。死にとらえられた彼には、命ある人間と命なき人形とが逆転して見えてしまう。人形の側に傾斜することとはすなわち、すでに死の側に身を置いていることなのではないか――？

ぼくは推薦入学のため提出した小論文を思い出していた。ハンス・ベルメールにはじまり日本では天野可淡《あまのかたん》や四谷シモン、漫画の『ローゼンメイデン』に至る「球体関節人形」の系譜をたどったその拙《つたな》い文章は〈もともとは生きた人間の動きに近付けるべく肘や膝を動かせるよう関節部に埋め込まれた球体が、却ってその姿を生きた人間からかけ離れた、どこか死を連想させるような不吉で不気味なものに見せてしまう〉というパラドクスを軸として論旨を組み立てられていた。もしもっと早く『砂男』、そしてそれを題材にしたフロイトの論文『不気味なもの』を読んでいたら、自分でひねり出したこの理屈を補強するため小論文に引用したことだろう。〈ひとは人形に魅かれるとき、常にそこに死を見ているのだ――〉。そんな結論でしめくくられる文章を書きあげたとき、あるいはもう、ぼくはすでに死の側、人形の側に足を踏み入れていたのかも知れない。ナターナエルはオリンピアに指輪を渡そうと出向いた教授の家で、彼女をめぐって教授がコッポラ＝コッペリウスと争っているのを見てしまう。人間と見まがうほど精巧に作られた自動人形オリンピア、その内部構造を作ったスパランツァーニ教授と、眼球にあたるレンズを提供したコッポラとが、互いに人形の所有権を主張しあって揉《も》めていたのだ。

茫然とナターナエルは立ちすくんだ――いやおうもなく、はっきりと見てしまったのだ。オリンピアの死人のように蒼ざめた顔には目がなく、あるのはくろぐろとした穴だけだった。彼女はいのちのない人形だったのだ。

スパランツァーニ教授が投げたオリンピアの眼――硝子玉――にぶつかったナターナエルは精神に異常をきたしてしまう。やがて病はおさまったかに見えたが、結婚を前にしてクララとその兄ロータルと三人で昇った塔の上で、彼が景色を見るべく取り出したのはあの望遠鏡、コッポラから買った望遠鏡だった。望遠鏡をとおしてクララを見たナターナエルはふたたび錯乱に陥り、「木の人形、まわれ――木の人形、まわれ」とわめきながらクララを殺そうとして暴れる。クララとロータルは辛くも逃げ出した。ひとり塔の上に取り残されたナターナエルは地上にあつまった群衆のなかにコッペリウスの姿を見付ける。コッペリウスの高笑いが響くなか、ナターナエルは「きれいな眼ん玉——きれいな眼ん玉」と叫びながら塔から飛び降り、頭が砕けて死んでしまうのだった。

ひとたび人形に、死に魅入られたとき、ひとはすでにあの醜い砂男、コッペリウスの亡霊にとりつかれているのかも知れない。その眼にはもはや生と死が逆転してしか映らない。じぶんを生の側へと引き戻そうとするあらゆる味方を拒んで、死のほうへ、一歩また一歩と逆らいがたい運命にしたがって、半ば恍惚《こうこつ》としながら近付いてゆくほかないのだろう。くらくらする頭でそんなことをしきりに考えながら、ぼくはガイダンス会場をあとにして駅へ向かった。コッペリウスとの出会いは、その後のナターナエルの人生をすべて支配してしまう。砂男コッペリウスの再来たるコッポラが訪れてから、それまで彼を支えてきたものは、学問も、詩も、恋愛も、すべて死の色に塗りこめられてしまう。彼の書く詩からはそれまでの精彩が失われ、恋い焦がれたオリンピアは命なき自動人形、眼玉をくりぬかれた無残な姿を見てしまう。これから文学部の大学生になり、勉強も創作も、そしてあわよくば恋愛もするのだと夢想していただけに、ナターナエルの物語はじぶんの行く末を暗示するものとしか思われなかった。

この種の思いこみは蒼ざめた文学少年によくみられる一過性の病気だ。その日、ぼくは駅のそばの名画座に大きな看板が出ているのを見た。その「ノスタルジア」という六文字が頭に焼きついて離れない。祖父はもう焼かれて灰になってしまっただろうか。彼と過ごした幼い日をふりかえりながら（ああ、まさにノスタルジア！）映画を見ていては帰りの新幹線に間に合わないから、チラシだけもらって駅へ向かった。電車のなかで目を通したチラシには、監督の略歴が書かれていた。アンドレイ・タルコフスキー。ぼくが生まれる前に若くしてこの世を去った彼の生年は、祖父のそれと同じだった。すっかり暗くなったころにようやく母の実家まで帰りつくと、まず骨壺に向かって手を合わせる。薄目をあけて骨壺を見つめながら、タルコフスキー、タルコフスキーと、まるでなにかの経文でもあるかのように耳慣れないその名前を心のなかで唱えつづけた。

それから十年近い年月が過ぎて、ぼくはようやく『ノスタルジア』を観た。うらぶれたロシアの詩人が旅先のイタリアで、世界の終末は近いという狂信者と知りあう。狂信者は大群衆の前で三日三晩ながながと演説をぶった末にベートーヴェンの第九を流しながら油をかぶって焼身自殺を遂げる。同じころ、詩人は狂信者との約束――ろうそくの火をともしたまま街の温泉を渡りきれたら世界の終末は回避される――を果たすべく、何度も温泉を往復していた。そして何度目か、ようやく火を消さずに温泉を渡りきるとそのまま、彼は故郷の風景をおもいだしながら心臓病で息を引き取る。恐らくは自分でもそれが何の意味もなさないと半ば気付きつつ、それでも自分勝手な世界救済の幻想を胸に抱いたまま死んでいく。過去の記憶にとらわれた者にとって唯一の救済とは、そうやって幻のなかで死んでいくことでしかありえないのではないか。屋根もなく、どしゃぶりの雨がふりそそぐ廃屋のなかで詩人と狂信者は世界の救済について話し合う。その場面のむなしい美しさが目をつむるたび何度もよみがえってくる。

ぼくは図書館を訪れて、タルコフスキーについて書かれた本をさがした。彼自身の書いた映画論や、日記の翻訳があった。そうした分厚い本を何冊か抱えて棚の前から去ろうとすると、まだ一冊、タルコフスキーの名が記された本があるのに気付いた。映画論や日記と違ってうすく、小さな本の題名を見て、ぼくは膝から崩れ落ちそうになった。まだ出版されて間もない『ホフマニアーナ』というその本は、死を前にしたタルコフスキーが最後に撮ろうとして果たせなかった映画のための準備ノートをまとめたもので、それは題名が示すとおり『砂男』の作家ホフマンとその小説を題材にした作品となるはずだったという。あの冬に出会ったコッペリウスの影は、いまだぼくのそばをうろついているらしい——。

雨はライプニッツのように ——『形而上学叙説』

雨の音で何にも聞こえない
君のくちびるは
〝サヨナラ〟のカタチを描いて
こわばる

——RIKA「雨の中で僕は」

青春とは傘も持たずにどしゃ降りの雨の中をあてもなく歩きまわるような人生の一時期のことだ、と、ある哲学の概説書に書いてあった。哲学の本をそう書き出すことの当否はともかくとして、ぼくはその本について、今はもうこの一文しか覚えていない。実際、十代半ばから三十代の今に至るまで、ぼくは傘をどこかに置き忘れたまま、雨の中をずぶ濡れになって、みじめに彷徨《さまよ》ってきたような気がする。けさ目を覚ましたときも雨が降っていた。窓に打ちつける激しい雨音で、ぼくは夢も見ないほどの深い、泥のような眠りから数時間ぶりに醒《さ》めた。おもてはまだ暗かった。

ライプニッツは、夢を見ない深い眠りと死とのあいだに本質的な差異を認めていない。『単子論（モナドロジー）』（河野与一訳、岩波文庫）の第二十節、第二十一節で「我々が気絶した時や夢一つ見ずに深い眠に入つた時」、また「絶えず同じ方向に何回も何回も続け様に廻る」ことで「眼が廻つて気が遠くなり少しも物事の見別けが附かなくなる」ときを取り上げて、彼は「死は動物に暫くの間この状態を与へることがある」と書いている。これに先立つ哲学者アルノーとの往復書簡でも、ライプニッツはこう書いている。「死の似姿である眠り、恍惚、またこれも死とみなしてよいでしょうがカイコが繭に入りこんだ状態、おぼれたハエに乾いた粉をまぶして蘇生させること（これはそのまま放置すれば、まちがいなく死んでいたはずです）、命のかけらもないような葦のなかの冬場の巣からのツバメの蘇生、また凍死、溺死、扼死《やくし》したひとびとの蘇生などを考えてみてください……」（『形而上学叙説　ライプニッツ－アルノー往復書簡』橋本由美子監訳、秋保亘・大矢宗太朗訳、平凡社ライブラリー）。ぼくの故郷は養蚕業が盛んだった。透き通るように白いカイコはひたすらに桑の葉だけを食べ、やがて雪のように真っ白な絹糸でおのれの繭をつむぎ、長い眠りにつく。死とはそんなものではないですか、と、ライプニッツはぼくに語りかけてくる。雨は、まだやまない。

南方熊楠《みなかたくまぐす》の日記にこんな一節がある。「一八九四年九月二十二日　土　雨／ライプニッツの如くなるべし／禁茶禁烟、大勉学す」（『南方熊楠日記1』八坂書房）。この「雨／ライプニッツの如くなるべし」というのはもちろん「(今日の天気は)雨。(私は)ライプニッツのようにならねばならない」という意味だが、ぼくは初めて読んだとき、どういうわけかこれを「雨(が降っている)。(その雨は)ライプニッツのようである」と解してしまった。まともに考えればライプニッツも人間なら、南方熊楠も人間であって、人間と雨を結び付けるよりはライプニッツと南方熊楠を結び付けるほうがずっとまっとうな解釈である。そんなことは百も承知なのだけど、それでもぼくの頭のどこかには今もなお、雨とライプニッツとを強引に結び付けてしまうような、そんな連想が拭い去れないまま残っている。澁澤《しぶさわ》龍彦《たつひこ》はモナドを『胡桃《くるみ》の中の世界』になぞらえ、田中小実昌《たなかこみまさ》は『単子論』を読みながら、ギリシャかどこかで見た、海岸に窓のない脱衣小屋がいくつも並んでいる景色を連想したが、ぼくにとっては依然として「雨はライプニッツのように降る」のである。しかし、ライプニッツのような雨とは、いったいどんな雨なのだろう。

降りしきる無数の雨粒の、そのひとつひとつのしずくに周りの景色が映りこんでいる。雨粒ひとつひとつの中に世界があるともいえるのだが、雨粒の中の世界と雨粒の中の世界とのあいだにも、また、雨粒の外の世界と雨粒の中の世界とのあいだにも交通があるわけではなくて、あくまで反映というかたちでひとつひとつの中にそれぞれの世界がある。こう考えたとき、雨粒はライプニッツのいう単子=モナドとどこか似てはいないか。

ライプニッツがモナドという言葉を使ったのは晩年になってからで、それまでは同じ概念を「実体的形相《けいそう》」「個体的実体」「原始的な力」「実体的統一」などさまざまに呼び替えていたが、ぼくの理解している範囲で乱暴に言ってしまえば、モナドというのは「こころ」とか「魂」、もっといえば「わたし」ということだと思う。モナドは人間だけでなく、動物にもある。たぶん植物にもあるし、もしかしたら石や砂粒にもあるかも知れない。わたしがわたしであること、その犬がその犬であること、その薔薇がその薔薇であること、その石ころがその石ころであること、その雨粒がその雨粒であること。そういうことをライプニッツは、たぶん「モナド」と呼んだ。モナドの語源はギリシャ語のモナス。「一」という意味だ。ひとりひとり、一匹一匹、一輪一輪、一粒一粒……。それが「モナド」ではあるまいか。そのモナドは「拡がりも形も可分性もない」単純な実体で、分解されることもなければ、勝手に生じたり消滅したりもしない。そして何よりモナドには「物が出たり入ったりすることのできるやうな窓が無い」。わたしは窓を通って勝手にあなたの中に入りこんだり、犬の中に、薔薇の中に、石ころや雨粒の中に入りこんだりすることはできない。わたしはわたしでしかありえないし、その犬はその犬でしか、その薔薇はその薔薇でしか、その雨粒はその雨粒でしか、そして、あなたはあなたでしかありえない。

こうした考え方と「窓が無い」という印象的な比喩のせいで、ライプニッツのモナド論は今でも悪しき独我論の代名詞のように言われることがある。お互いに窓がないのでは、モナドとモナドのあいだ、わたしとあなたのあいだでは、決してコミュニケーションがとれないことになってしまう。それを何とか取り繕うためにライプニッツは「予定調和」という考え方を持ち込んでごまかそうとしたのだ、と悪口を言われることもある。英国の哲学者バートランド・ラッセル卿はモナドロジーを「おとぎ話」と称した。しかしライプニッツはモナドを「宇宙の永久な活きた鏡」とも呼んでいる。モナドには表出とか表現とかいった性質がもともと備わっており、お互いがお互いを、また、お互いがいるこの世界全体をも、それぞれの角度から切り取って、鏡のように映し出しているのだ。ぼくの手許にある古い研究書には「単子には窓がないというよりはむしろ単子全体、単子自身が、窓であるとも言うべきであろう」という一節がある（下村寅太郎『ライプニッツ』）。窓ガラスに景色が映るように、ぼくたちはモナドとしてお互いを、世界を映し出しているのだ。モナドロジー以前に書かれた『形而上学叙説』でもモナドという言葉の代わりに「実体」という言葉を使って、ライプニッツは言っている。「どの実体も、世界の全体のようなもの、神の鏡ないしは宇宙全体の鏡のようなもので、ちょうどみる者の位置にそくしておなじ都市もさまざまに表されるように、各実体は自分なりのしかたで宇宙を表現する［映しだす］のである。したがって、宇宙はある意味で実体の数だけくり返され、神の栄光は、そのわざがまったく異なって表されるに応じて増幅される」（『形而上学叙説 ライプニッツ－アルノー往復書簡』）。それぞれの雨粒はそれぞれの降る角度に応じて、外の世界をそれぞれ別なかたちで映し出す。雨粒の中の世界と雨粒の中の世界とのあいだ、雨粒の外の世界と雨粒の中の世界とのあいだを行き来することはできないけれど、ひとりひとりのこころの中にそれぞれの世界があるように、ひとつひとつの雨粒の中にもそれぞれの世界がある。鏡のように、窓のように、そしてモナドのように、無数の雨粒はひとつひとつ、それぞれの世界を映しながら今もなお、ぼくの頭上に降り注いでいる。

ライプニッツは『形而上学叙説』に「各人の個体概念はその人物にいつか起こることを一挙に含む」とも書いている。神の眼から見ればカエサルはルビコン川を渡ることも渡らないこともできたが、神はルビコン川を渡るカエサルを選んだ。カエサルという雨粒はルビコン川を渡る世界を内に宿して、神のもとから地上に降り注いだ。そして神は常に最善の結果をもたらすような選択をする。ユダが罪を犯すことを知っていながら、罪を犯すべきものとして神はユダという雨粒を選んで地上に降らせた。「神はユダが罪をおかすであろうことを予見していたにもかかわらず、ユダが現実存在することを善しとしたのであるから、この悪は全宇宙において十二分につぐなわれ、神はこの悪からより大きな善を導くことができ、要するにこの罪人ユダという現実存在を含む系列こそが、あらゆる可能的な系列のなかで最も完全なものなのだ」。この考え方はライプニッツの生前に唯一公刊された著作『弁神論』のなかで「運命の宮殿」として寓話仕立てで語られたことから有名になった。この寓話はひどく美しい。ライプニッツ研究の碩学《せきがく》イヴォン・ベラヴァルのもとで学んだある留学生は、のちにこう回想する。「ベラヴァル先生は逸話を好んで披露されたが、なかでもライプニッツの『弁神論』の最後のほうに出てくる「運命の宮殿」の話を先生が語り直されるのを聞くのを私は好んだ。セクストゥス・タルクィニウスはリウィウスの『ローマ建国史』に名を残す悪者であるが、『弁神論』では「運命の宮殿」にあって善良なる者としての生涯も含めて、さまざまな可能世界が上演されるのを目の当たりにする」（千葉文夫「モナドの鏡」『マルセル・シュオッブ全集』栞文）。神の眼前には可能世界、つまりありうべきすべての世界がひとつひとつ映し出されている。セクストゥスが悪人となる世界、セクストゥスが善人となる世界、そのどちらでもない世界……「現実」としてたったひとつが選び出される以前の無数の世界たち。それを見つめる神の愉悦は、ひとつひとつの雨粒がそれぞれの内に世界を映し出し、乱反射しながら降るのを眺めるぼくたちの愉悦に似ているかも知れない。

しかしこの美しい寓話は、楽天論として批判に晒されることとなる。無数にきらめく世界からはいずれ、神の手によってたったひとつの現実世界が選び出される。そしてその世界には「より大きな善」につながるとはいえ、個々の「悪」はやはり確実に存在する。世界全体としては、神の視点からは「より大きな善」につながるからと言われて、ぼくたちは目の前の悪に対して納得することができるだろうか。ライプニッツの没後のことだが、リスボンの街を大地震と大津波が襲い、おびただしい数の死者や被災者が出た。彼らを前にして、それでも「神はこの悪からより大きな善を導く」などと言って澄ましていられようか、というヴォルテールの叫びは現在のぼくたちにとって、あまりにも重い。

降り続く雨音の向こうでかすかに、どこかの家のラジオから懐かしい歌が聞こえてくる。「晴れたら　靴をはきかえよう／電車に乗って　ゆられてみよう／晴れたら　ずっと歩いてゆこう（中略）晴れたら　きっと何でもできる！（中略）晴れたら　そうよ何でもできる」（國府田マリ子「雨のちスペシャル」）。雨はまだ、当分やみそうにない。

カフカと父親の話 ――『文学と悪』

そこで若し　きみに
死への夢から生の建設へ向う意志が可能ならば
そして若し　きみに
なんらかの好ましい学問がありうるならば
それこそは
きみの純潔を裏切ることが最も少く
世界へのより豊かな愛をいつもかたどる
試みにほかならぬのではないだろうか？

――清岡卓行「大学の庭で」（『清岡卓行詩集』現代詩文庫）

死ぬほかないな、とメンチカツを頬張りながら考えた。今生最後の食事が学生食堂のメンチカツ定食というのはみっともないな、とも思った。大学四年の冬だった。

大学四年の冬というぐらいなので、卒業論文なるものを書いていた。山場のはずだった。ついさっきまで教授の研究室で、提出前最後の論文指導を受けていた。ゼミで大学院に進むのはぼくだけだったので、個別で、一対一の指導を受ける。研究室は四方の壁すべて天井にまで届く本棚が取りつけられていて、それでも収まりきらない本が所狭しと床を埋め尽くしている。そのなかをかき分けて草稿を持っていくたび、先生は参考になりそうな英語やフランス語やドイツ語の――ぼくは仏文科でドイツ語は読めないのだけれど――文献をコピーして、授業のない日はお昼過ぎから暗くなるまで一緒に読み合わせをしてくださる。とはいえ、これだけ本があれば目指す一冊をすぐに探し当てるほうが珍しい。大抵は「どこにやったかなぁ……いやぁ申し訳ない……確かここだと思ったのだけど……こっちかな……」とつぶやきながら右往左往なさる先生を、ぼくは果たして手伝ってよいものか決めかねて、結局きまり悪そうな顔で椅子に腰かけたまま見守っていることが多い。

ようやく探し当てた本をさて読み合わせようという段になっても、ぼくの語学力ではすぐにつっかえてしまう。すると学生用の小さな辞書には載っていない単語や用例を示すべく、先生は書物の山から今度は大きな辞書や文典を何冊も引き出してこられて、不勉強な学生に代わってみずから辞書を引いてくださる。不出来な弟子は神妙な顔だけはつくりながら、坂口安吾の「勉強記」(『風と光と二十の私と・いずこへ』岩波文庫)という短篇のことなど思い起こしている。大学で仏教を専攻する主人公の按吉《あんきち》は在野の学者に弟子入りしてチベット語を習うのだけれど、チベット語はあらゆる単語が不規則に活用するので、学者といえどもなかなか辞書が引けない。そのうえ安吾＝按吉の先生はたびたび放屁のために作業を中断して部屋を出てしまう。

先生は親切な方だから、生徒の代りに御自分で辞書をひいて下さる。按吉の面前でものの二、三十分も激しい運動をなすっていらっしゃるが、なかなか単語が現われてくれないのである。そのうち失礼と仰有って廊下へ出ていらっしゃる。屁をたれて、なんとなく廊下を五、六ぺん往復なすって、また失礼と仰有って、辞書を抱えて激しい運動をなさる。やっぱり単語が現れない。

（坂口安吾「勉強記」）

もっとも幸いにしてこちらの先生には放屁の癖はなかったし、ぼくたちが読んでいるフランス語は活用や変化が多いといってもチベット語とはわけが違う、のちにフランス語を習得する安吾＝按吉のことばを借りれば「覚えまいと思っていても覚えるほかに手がないという始末」であって、「あんなもの、朝めし前の茶漬けだぜ」ということになるので、目指す単語や文例はたちどころに目の前にあらわれる。かくして論文指導は続き、親切な師はその日もすっかり窓の外が暗くなってしまうまで、ぼくの怪しげなフランス語訳読に付き合ってくださったのだった。
空腹のぼくは片付けも手伝わずに研究室を辞去するとただちに学食へ向かい、メンチカツ定食を平らげた。腹が膨れてみて初めて、そういえば昼過ぎからぶっ続けで「指導」を受けていたためメールの確認をしていなかったな、と思いあたって開いた（ガラケーだったのだ）携帯に父からの「無題」の長文メール一件を見付けたところで、ようやく話は冒頭の場面にたどりつく。

そこから先の記憶は、直前まで訳読していたバタイユ『文学と悪』（山本功訳、ちくま学芸文庫）のカフカ論の内容と重なってしまい、どこまでがぼく自身にふりかかったことで、どこからがバタイユのえがきだすカフカの姿なのか、はっきり分かつことができない。

勤勉で生活力に溢《あふ》れ、体格にも恵まれた父親に、貧相な体軀で病弱、ひそかに文学に望みをはせる息子は劣等感をいだきつづけていた。彼はのちに父親に宛てて怨みつらみを書きつらねた、ながいながい手紙を書くことになる。「それなのにお父さんは、御自分の性に合ったやりかたでしか、子供をあつかおうとはなさらなかった。だしぬけに、力ずくで、ひとのいうことなど聞こうともせずに……。きっとお父さんは、御自分ひとりの力で非常に高い地位にまでのし上られたので、御自分には無限の信頼をもっておられるのでしょう……。お父さんの前に出ると、自然とわたしは口ごもってしまうのです……。お父さんの前に出ると、わたしはすっかり自信をなくし、そのかわりに、はてしもない有罪感にひたされてしまうのです」。――父親の手には渡らなかったこの手紙は、さらにこう続く。「偶然にわたしが書いたどの作品をとってみても、問題にされているのはいつもお父さんです。それというのも、いったいわたしになにをすることができたでしょうか、お父さんの心にむかってぶちまけることができなかった不平不満を、自分の作品のなかにぶちまけることよりほかに。まったく、わたしの作品は、わざとくだくだしくひきのばした、お父さんへの訣別の辞以外のなにものでもなかったのです……」

紙に向ってペンを走らせ、直接は言いだせない父への不平不満を書きまくった彼が、そのなかで最初に「作品」と認めたのはごく短い、「判決」とも「死刑宣告」とも呼ばれる短篇だった。作者自身によく似たその主人公ははなはだ理不尽な論理の果てに、同じく彼自身の父親とよく似た父親からこう宣告される。「自分の他に何があるのか今こそお前は思い知っただろう。今までお前は自分の事しか知らなかった。本当は、お前は罪のない子供なのだ。しかし、もっと本当の事をいえば、お前は悪魔のような人間なのだ。だからよく聞け、私はお前に溺死刑の判決をくだす」（古井由吉訳『古井由吉全エッセイI　日常の〝変身〟』作品社）。

そう、これはカフカの小説に出てくる「父親」の台詞《せりふ》だ。けれど、ぼくはその冬、現実の父親からの言葉をこれと同じ「判決」として受け取ったのではなかったか？　大学院へ進むとひとりで決めてしまったぼくは、父に正式な承諾をとりつけていなかった。卒論指導を終えたぼくの携帯に届いたメールには、就職しないのであれば今後いっさいの経済的支援はせず、大学の四年間で借りていた奨学金の保証人も引き受けない、といった主旨のことが書かれていた。その年、ぼくらの故郷はわざわいに襲われ、今後の生活が苦しくなるであろうことは容易に想像がつくはずだった。そんな事態にあって、なんら将来についての計画性のないまま負債だけを膨らませていく息子へのはげしい憤りが、お役所ふうの文体と評されるカフカのそれによく似た素気ない文面——実際、ぼくの父は役所勤めであった——のゆえに、かえって身震いするほど恐ろしく伝わってくる。「お父さんの前に出ると、自然とわたしは口ごもってしまうのです……。お父さんの前に出ると、わたしはすっかり自信をなくし、そのかわりに、はてしもない有罪感にひたされてしまうのです」。カフカの声にぼく自身の声が重なる。生活力に乏しいぼくにとってここで父から見捨てられることは、物質的にも精神的にも、死刑宣告にひとしいものだった。父親が「もっぱら有効な行動という価値にしか関心をもたない」人間、すなわち典型的な「おとな」であることを知り、そうした父の姿への不平不満をひそかに書きためながらも、自分はその庇護のもとでいつまでも「おとな」にならず、無力で無責任な子供のままであろうとする。その甘ったれた態度を、バタイユの冷たいペン先はあられもなく暴いていく。

カフカの性質のなかでとくに奇妙に思えるものは、父親が、自分のことを理解してくれ、自分の読書、のちには文学、の子供らしさを承認してくれ、自分が少年の頃から自分の存在の本質とも特殊性とも信じこんできたものを、唯一不壊のおとなの社会から外に放り出すことはしないでくれるようにと、心の底からのぞんでいたということである。（中略）

カフカは、彼の全作品に『父親の圏外への逃避の試み』という題をつけたいと思っていた。しかし、思いちがいをしてはならないが、カフカは決して本当に逃避したいと思っていたのではないのである。彼ののぞんでいたことは、圏内で――排除された者としてで――生きることだった。

（バタイユ『文学と悪』）

しかし「おとな」の父にとって、息子がいつまでも文学などという「子供」の世界でウジウジしていることなど、とうてい認めることはできない。「オーストリアの封建的な、時代おくれの世界では、ひとりの若いユダヤ人を認めることのできる唯一の社会とは（中略）事業一辺倒の彼の父親の圏内だった。しかも、このフランツの父親の勢力が文句なしに確立されていた環境とは、事業のきびしい抗争を当然予想して、いささかの気まぐれも許さず、子供らしさを大目に見るのもただ少年時だけにかぎられ、その限度内では愛すべきものとさえ見なされるが、原理的には不可とされているような世界なのである」。息子のささやかな文学活動とやらは所詮、勤勉で有能な父親のもとで「子供」のうちだけ大目に見られていたに過ぎないのだ。本当に「父親の圏外」に放り出されることは、彼にとって——いや、ぼくにとって？——死刑宣告以外のなにものでもない。短篇「判決」の末尾、父親から死刑を宣告された息子はその判決に従う。

彼は、門からとび出し、電車線路をこえ、川の方へと、どうしようもない力に押されて行った。そして、まるで飢えたひとが食物にとびつくようにして、すでに欄干にとりついていた。彼は、少年の頃には親たちの自慢のたねだった持ち前の身軽な体操家の身ごなしで、手すりをとびこえた。それでも彼はまだしばらくのあいだ、だんだんと力のぬけてゆくのを感じる片方の手でつかまりながら、手すりの棒のあいだから、自分の落ちる音を簡単に消してくれそうなバスがくるのをうかがっていたが、低く『なつかしいお父さん、お母さん、それでもぼくは、いつもあなたがたを愛していたんですよ』と叫ぶなり、虚空のなかに落ちこんでゆくのにまかせた。／その瞬間に、橋の上には、文字どおりに雑踏をきわめた車馬の往来があった。

メンチカツ定食で膨れた腹をかかえて、ふらふらと電車のホームに入った。混んでいたか、空いていたか、気にする余裕はない。足許がおぼつかない。あるいは、おぼつかないのだと自分に思い込ませようとしている。黄色の点字ブロックをこえる。三文字ずつしか表示されない電光掲示板がきりかわる。「電車が」「きます」「電車が」「きます」。白線をこえる。からだが大きくよろめいて、いや、よろめいたふりをして重心をずらし、事故に見せかけて暗がりへ倒れこもうとする。線路に巣食っている大きなドブネズミが、ちょろちょろと安全地帯へ逃げこむのが網膜に焼きつく。

なつかしいお父さん！——そう声をあげる間もなく、がっちりした腕につかまった。カフカを気取った甘ったれの叫びなど掻き消して、駅員の怒号が飛ぶ。あぶねえだろ、何やってんだ、子供じゃねえんだぞ——。そのとき、視界は真っ白だったような気がする。どうせ止めてもらえる。そう知っていたのだ。救いようのない甘ったれ。

そのとき、メンチカツ味のげっぷが出た。そのことだけを、やたら鮮明に覚えている。

かるてしうす異聞 ——『省察』

かるてしうすには娘があつた。名をふらんしいぬと云ふ。ふらんしいぬはふらんそわあずの異称である。そしてふらんそわあずとは幼年のみぎり、かるてしうすが想ひを寄せたる少女の名であつた。その少女はいささか藪《やぶ》にらみの眼をしてゐた、とのちにかれは書きのこすことになるが、ふらんしいぬもやはり幾ぶんか黒目と黒目とがはなれた面だちをしてをつた。

　ふらんしいぬの母親はへれなである。へれなは身分いやしき婢《はしため》であつた。かるてしうすはこの女を生涯、正式にめとることはなく、また世のつねの親よりなほ深い愛情を注いでゐながらしかし、ふらんしいぬを嫡子とみとめることをしなかつた。そのうち為事《しごと》のためとほく旅に出たかるてしうすの不在中に、ふらんしいぬは熱病に罹《かか》つて死んで了《しま》つた。五つになるかならぬかの年頃であつた。

　死んではじめて、かるてしうすに不義の子のあつたことが世に知れた。かねてよりかるてしうすを目の敵にしてゐた学僧らは好機とばかりその不倫を責めた。わたしとて人間だ、それにわたしも若かつた、と居直つたかるてしうすはしかし、かなしみを一層ふかくした筈《はず》である。

それより幾とせものちのこと、かるてしうすは北の国の女王に招かれて、教師として海をわたつた。生来からだが弱く、冬ともなれば朝寝の癖が一段とひどくなるかればずいぶん躊躇《ちゆうちよ》したのだが、立派な軍艦まで差し向けられてはこのうへ、断るすべは残されてゐなかつた。荷物をとりまとめ、かるてしうすは船上の人となつた。

しかし船旅は苛烈をきはめた。かるてしうすの病軀《びやうく》に船の酔ひが堪《こた》へることひとしほであつたらうことは想像に難くない。のみならず、稀にみる荒天つづきには船長までがお手上げといつた次第であつた。

その船長が、客人の身を気遣つてのことだらう、かるてしうすの室をたづねた。かれのひとり部屋からはしばしば声が漏れ聞こえ、それがなほのこと船長の心配をふかめた。船長は返事をまたず、室の扉をひらいた。

かるてしうすのほかに、いまひとつ人影があつた。ふらんしいぬ、と呼びかけらるると、その影は不思議なうごきをした。まづ人のするうごきとは思はれぬ。ややあつて船長は、それがおおとまたと呼ばれる、機械仕掛の人形だといふことを理解した。かるてしうすのかたはらには、ちやうど人形の収まる大きさの行李《かうり》がひらかれてゐた。

幾ぶんか藪にらみの面だちに造られたその人形こそ、年を経て成長した娘ふらんしいぬの姿であつた。少なくとも、かつて逆縁をおほいに嘆いた父親かるてしうす一人にとつてみれば。

さうしたかるてしうすの姿が、船長には当然のごとく、人と物とのあやめもわかたぬ半狂人とみえ、また迷信ぶかき海の男にとつては、かやうな無気味のものこそ船旅を困難ならしむる荒天の元凶、悪魔の化身とおもはれた。わが娘、と人形の裾にとりすがるもむなしく、かるてしうすの痩《や》せ衰へた軀は屈強な船員どもにはね退けられ、人形のふらんしいぬは別段かなしみの色をうかべるでもなく、双の眼をうつろに見開いた儘《まま》、荒れくるひ渦をまく海原へと投ぜられたのであつた。

しかるのち、荒天が鎮まつたか否かは文献に明らかならねども、とまれ、かるてしうすは北の国に到つた。せはしない女王のために朝寝もゆるされず、夜明け前からの御進講を来る日も来る日も所望されるものだから、一年も経たぬうちに寒気に蝕《むしば》まれ、風邪をこじらせて呆気なく死んで了つた。未だ五十四にも届かぬ齢であつたと伝はる。

……このかるてしうすこそが世に名高き近代哲学の父ルネ・デカルトその人であるのだか、一生かかつても読みきれぬほど書かれたかれについての書物のいづれを覗いても、このふらんしいぬ人形をめぐる事の次第について、これ以上くはしい事は何も知られない。

こんな戯文を綴ってみたのは、もともとデカルトの、ことにこの逸話に関心があったせいもあるが、それ以上にこうした逸話をひとつ軸にしてある人物の伝記をごく短く、一筆書き風に書きあげるというマルセル・シュオッブの掌篇集「架空の伝記」、特に哲学者ルクレティウスを「詩人」として描き切った一篇に触発されたのが大きい。『偏愛文学館』（講談社）でこの作品を取り上げた倉橋由美子が「入手困難、というより不可能といった方がいい本」「珍しい本屋から出た珍しい本なので、読んでいるうちに、このマルセル・シュオブも訳者も実は架空の人物で、誰かがこんな本があったということにして本の中身まで全部創作したのではないか」とまで評した通り、南柯《なんか》書局から大濱《おおはま》甫《はじめ》訳で出た『架空の伝記』は古書店でも入手困難、大学図書館にも収蔵されていなかった。それが国書刊行会から刊行されて読書界の話題となった一巻本の『マルセル・シュオッブ全集』で——値段も高いし造本も豪華なので気軽にというわけにはいかないが——ともかく読めるようになったのである。海外文学ファンや幻想文学ファンの界隈でお祭りになった後となってはいささか気も引けるが、訳者の一人に大学院での指導教員が名を連ねているからというわけでなく、ぼくも一読書人として心からこの『マルセル・シュオッブ全集』をお薦めしておきたいと思う。

それで、デカルトである。ぼくがこの哲学者の名前をはっきり認識したのは中学三年生のとき、深夜に再放送されていた「ウルトラQ　～dark fantasy～」という特撮ドラマのなかの一話「ヒトガタ」でのことだった。これが鬼才・実相寺《じっそうじ》昭雄《あきお》監督の晩年の作品であり、実相寺と相性の良かった作家・江戸川乱歩の『人でなしの恋』を踏まえた脚本だったというような事情は大人になってから知ったことで、十五歳のぼくはただただ強烈な美学が支配する物語に打ちのめされただけだった。人間の「想い」を吸い取ってエネルギーに変換し、どんどん巨大化していく無気味な球体関節人形をめぐるこの耽美的な三十分ドラマに、いかにも衒学《げんがく》的で、人によっては鼻につくような彩りを加えていたのが「フランシーヌ人形」の逸話をもつ哲学者デカルトだったのである。

実相寺作品の常連俳優・堀内正美が演じる主人公はかつてデカルト研究で名声を得た哲学者で、今はすべてが虚しくなって古ぼけた家に「何も考えない」女中と二人で棲みついている。それが行き倒れの老人――これも実相寺組の常連・寺田農《てらだみのり》――のトランクに入っていた等身大の少女人形を手に入れたことをきっかけに、生活の均衡を崩していく。人形に「想い」を寄せるあまり命を削ってしまう主人公、その「想い」を吸い取っていく人形、そして「何も考えない」、すなわち「我思う、ゆえに我あり」のテーゼに従えば「存在しない」ことになるはずの女中。有名な「我思う」の一節を変奏しながら展開する、人形と主人公、そして彼にひそかな想いを寄せる女中という、人間二人、人形一体の奇妙な三角関係は救いのない結末へと転がり落ちていく……。

この物語に関しては脚本家自身がシナリオをWeb上で公開しているし、実相寺昭雄の独特な映像美学を味わうならDVD版も出ている。なお実相寺監督はシナリオの終盤に大きな変更を加えており、シナリオに忠実な描写を見るためには大森倖三の作画による漫画版『ウルトラQ　～dark fantasy～』（角川書店）に当たることも薦めたい。この漫画版は脚本に付されていた解説も採録しており、脚本執筆に当たって現在もっとも信頼しうるデカルトの伝記であるジュヌヴィエーヴ・ロディス=レヴィス『デカルト伝』（飯塚勝久訳、未來社）を参照したことがうかがえる。もっともロディス=レヴィスはこの有名な「フランシーヌ人形」伝説については「想像力豊かな伝記作者」が作りあげた「物語」として退けている（邦訳二九六頁）。彼女がこの伝記を著した背景には、ダヴィデンコ『快傑デカルト』（竹田篤司・中田平訳、工作舎）のようなデカルトの伝記を題材にとりつつ虚実入り混ぜて面白おかしく書かれた通俗読み物へのアカデミシャンらしい反発があった。フランシーヌ伝説をにべもなく否定しているのも、同じような理由によるものだろう。ちなみにぼくはこの「伝説」の初出が知りたくて少しばかりデカルト関連文献を調べたことがあったが、おぼつかないフランス語で読んだアドリアン・バイエの『デカルト伝』（井沢・井上訳による講談社版は縮刷本の訳で、長大な原本は現在も未邦訳）にそれらしき記述は見当たらなかった。

一方、日本でこの「伝説」が有名になった背景には、澁澤龍彦（『少女コレクション序説』中公文庫ほか）や種村季弘《たねむらすえひろ》（『怪物の解剖学』河出文庫）といった文人肌で幻想好みの外国文学者たちがエッセイで取り上げたことが大きい。ことに種村は独文学者ということもありフランス語原典よりドイツ語資料に基づくことが多いものの、この伝説を「人工生命」をめぐるヨーロッパ思想の系譜に位置付けたエッセイ「少女人形フランシーヌ」の詳細さは一読に値する。デカルトが関係をもった女中ヘレナとその娘フランシーヌについてもう少しアカデミックなアプローチを望まれる向きには、現在もアダン＝タヌリ版（AT版）としてデカルト研究の底本とされる全集編纂者《へんさんしや》のひとりポール・アダンの『デカルトと女性たち』（石井忠厚訳、未來社）やデカルトの人物像に迫った竹田篤司『デカルトの青春』（勁草書房）を薦めておく。

アカデミックな分野でのデカルト紹介はノーベル賞物理学者・朝永振一郎の父で哲学者だった朝永三十郎（『近世における「我」の自覚史』角川文庫、などが有名）あたりに始まり、三木清（岩波文庫版『省察』の訳は獄中で死去した彼の遺稿となった）、野田又夫、落合太郎といった広義の「京都学派」が中心だったと見ていいだろう。京都学派の中心だったドイツ哲学から出発しつつも、九鬼周造の影響を受けてデカルトなど明晰《めいせき》判明を旨とするフランス哲学に心を寄せた野田又夫には『方法序説・情念論』（中公文庫、現在は中公クラシックス）や『精神指導の規則』（岩波文庫）の訳のほか、平易な入門書として『デカルト』（岩波新書）がある。ぼくは図書館で廃棄処分になっていたのを拾ってきた『野田又夫著作集』（白水社）を全五巻揃いで持っているが、デカルト研究をまとめた第一巻は図書館などで探して読んでおいて損はない。落合太郎は岩波文庫旧版『方法序説』の訳者であり、モンテーニュやパスカルなどフランスのモラリスト研究で名高い京大仏文の立役者だが、その人生には若き日の放蕩《ほうとう》という意外な陰翳《いんえい》がつきまとう。この話も面白いのだが本筋から外れてしまうので、竹之内静雄『先師先人』（講談社文芸文庫）にある落合太郎伝を参照してほしい。

デカルト研究には京都学派以外にも東大仏文系の人脈も関わっており、最初の『著作集』では書簡集の訳を渡辺一夫たちが担当しているし、のちに東大助教授の職をなげうって留学先のフランスで特異なエッセイストとなった森有正も元はデカルトとパスカルの研究から出発している。彼のデカルトへの言及は『バビロンの流れのほとりにて』をはじめとする一連の著作（ちくま学芸文庫から『森有正エッセー集成』全五巻が出ている）にも見られるほか、渡仏前の主な論文は『デカルトとパスカル』（筑摩書房）で読める。非アカデミシャンで東大仏文人脈の代表選手といえば小林秀雄だが、彼も講演録「常識について」などでデカルトを大きく取り上げているし、何より文壇デビュー作となった「様々なる意匠」の雑誌「改造」初出版では最後の締めくくりにデカルトからの引用が使われていた（この引用には小林の勘違いないし誤訳があったらしく、それ以後の単行本や全集などからはすべて削除されている）。

小林秀雄などがデカルトに惹かれた背景には、当時フランスを代表する知性だった詩人ポール・ヴァレリーや哲学者アランが何かにつけてデカルトを持ち出すカルテジアン（デカルト主義者のこと）だったこともある。その小林に触発されて愚直な思索を続けた文芸批評家の秋山駿もヴァレリー経由のデカルトびいきで、よく『省察』や書簡集からの引用をしていた。あらゆる物事を徹底的に疑ってかかるというデカルトの「方法的懐疑」を地で行くように、秋山はあらゆる先入観や思想を振り払って、道で拾ってきた一個の石ころを見つめ続けることで思索を続ける。ぼくは一時、この人の文章にハマってずいぶん読んだのだが、いま書店で手に取れるのは『小林秀雄と中原中也』（講談社文芸文庫）くらいなのが残念である。

それにしてもさすが近代哲学の父、デカルトに関する文献は汗牛充棟《かんぎゅうじゅうとう》で、ぼくも少し集めてみたがとても手に負えない。ここ数年でも小泉義之『デカルト　哲学のすすめ』（講談社現代新書）が改題されて講談社学術文庫に収められたほか（この入門書はあまりぼくの好みに合わなかったが、同じ小泉が勁草書房から出した『兵士デカルト　戦いから祈りへ』はかなりの名著と思った）、田中仁彦『デカルトの旅／デカルトの夢』（岩波書店）と谷川多佳子『デカルト『方法序説』を読む』（岩波セミナーブックス）の二著が揃って岩波現代文庫に収録された。前者は『方法序説』に至るまでのデカルトの遍歴を追っており、専門のデカルト研究者でない著者の独創的な見識が光る好著。対照的に後者は、現行の岩波文庫版『方法序説』『情念論』の訳者でもあるデカルト研究の第一人者が、小林秀雄や森有正にも目を配りながらアカデミズムの本道をゆくデカルト読解の入口を示してくれている。ぼく自身この後者の著者……というのも変な感じがするので「谷川先生」と呼ばせていただくが、その谷川先生に大学院の授業でデカルトやライプニッツのフランス語テクストを読んでいただき、オーソドックスな哲学文献の読み方を教えていただいたほか、個人的にも論文や書類に目を通していただくなど随分お世話になっている。二度ほど一年間の授業をねぎらって受講者一同にお酒の席を設けていただいたこともあったが、あまりにデカルト研究者として本道を歩いてこられた先生なので、あまりに俗っぽい「フランシーヌ人形」伝説についてうかがうのは気が引けて、とうとう聞けずじまいだったのが残念である。

他にも、ぼくの手許にあるだけで、森有正の弟子筋にあたる伊藤勝彦『デカルトの人間像』（勁草書房）をはじめ、石井忠厚『哲学者の誕生　デカルト初期思想の研究』（東海大学出版会）や小泉義之『デカルトの哲学』（人文書院）、デカルトの頭蓋骨が死後どのような経緯でパリの人類史博物館に飾られるに至ったかを追うラッセル・ショート『デカルトの骨　死後の伝記』（松田和也訳、青土社）、そして谷川先生の本格的な研究書『デカルト研究　理性の境界と周縁』（岩波書店）などデカルトに関する本はいくらでも出てくるが、きりがないのでこの辺で打ち止めにしたい。

最後にひとつだけ、三木清の弟子だった枡田啓三郎訳の『省察』（角川文庫）からデカルト本人の言葉を引いておきたい。有名な「蜜蠟の比喩」に続くこの文章はデカルトの「懐疑」の深さを示す一節として知られ、デカルト的懐疑にこだわる秋山駿もどこかで引用していたが、しかし恐らくはこうした言辞が「フランシーヌ人形」のような、機械人形と人間の区別がつかない半狂人デカルトという伝説を生む契機となったのだろう。

いま私がたまたま窓から眺めると人間が街を通っているのが見えるとする、私は、蜜蠟の場合と同じように習慣的に、彼らについても、私は人間そのものを見る、という。しかし、帽子と着物のほかにいったい私は何を見るのであろうか。その下には自動機械《オートマタ》がかくされているかもしれないのである。しかし私は、それは〔真の〕人間である、と判断する。

（デカルト『省察』）

なおこの一節はラテン語原文にのみ見られ、のちにデカルト自身が目を通したと言われるリュイヌ公爵による仏訳ではオートマタ云々《うんぬん》の箇所を削除されている。理由ははっきりしていない。ちなみに冒頭の戯文でぼくは「為事のためとほく旅に出たかるてしうすの不在中に、ふらんしいぬは熱病に罹つて死んで了つた」と書いたが、その仕事こそ、この『省察』の執筆であった。これは「伝説」ではなく伝記に基づいた事実である（ついでに付け加えれば「藪にらみの少女」云々もおおむねデカルト自身の書簡に出てくる事実である）。ロディス＝レヴィスのような真正の伝記作者には許されなくとも、マルセル・シュオッブのひそみに倣った「架空の伝記」作者たるぼくには、この一節が仏訳版から削除された背景に幼くして死んだ妾腹の娘フランシーヌの影を見るのもまた、自由であろう。

アナベル・リイ変奏 ──『美しいアナベル・リイ』

いのちをたもつのも、いのちをほろぼすのも、どちらもたのしいあそびだったら、ほろぼすほうをえらんだからって、どうしてそれがざいあくかしら?

──香山滋「海鰻荘後日譚」(『海鰻荘奇談　香山滋傑作選』河出文庫)

夢だとわかっているのに目覚めることができない。夢が覚めたと思っても、まだ夢のなか。意識ははっきりしているつもりだ。だが、いくたびも、いくたびも、体を起こそうと試みても、指先ひとつ動かせない。ひょっとして、死というのは、こんなものではなかろうか。自分の体なのに自分のものでなくなったような、全身を透明ななにものかに圧しつけられているかのような──。そこに気配を感じる。だれか、女が犯されようとしている。腕ずくで、といっても暴力がふるわれるわけではなく、女が嫌がっているのは嘘ではないし、抵抗はするものの、このうえ無駄だろうとどこかで諦めたような気分がしだいに室内を浸していき、やがて男はその欲望を成就するだろうということが、すこし離れたぼくにも了解される。とはいえ、ぼくが起き上がれば男の行為は未遂に終わるだろう。腕力に自信はないが、恐らくは殴り合いになるまでもなく男の欲望は萎えてしまうはずだ。ぼくが起きている素振りを見せさえすれば。しかし、ぼくの体はぴくりとも動かない。なるほど、確かにぼくは死んでしまったのかも知れない――。

そこでようやく目が覚める。いつものことだ。体を起こす。嫌な汗をかいている。もう何度となく見た夢だ。

つけっぱなしのプレイヤーから音楽が流れている。フェルナンド・ソル「モーツァルト《魔笛》の主題による変奏曲」。クラシック・ギターの練習によく使われるこの曲を、貴公子と呼ばれた名手ジョン・ウィリアムズが一音たりともおろそかにせず、丁寧に、しかし優雅さをそこなうことなく奏でている。寝付きの悪いぼくはしばしば睡眠剤がわりに音楽を流すが、往々にしてかけっぱなしのまま眠ってしまう。すると眠ってはいても脳のどこかが起きていて、音楽を聴き続けているらしい。そのために、頭では覚醒しているつもりでも体のほうが眠ったままになり、こういう現象が起きる。俗に金縛り、と呼ばれているこの現象に、しかしぼくの場合、幽霊のたぐいはあらわれない。つまり金縛りのときに見る幽霊というのは、起きているつもりでも目は閉じていて、感覚器は夢を見ているので、意識の深層で怖れているものが夢に出てくるに過ぎない。そんなもっともらしい説明を真に受けるとすると、ぼくは心霊現象よりよほど、この種の情景が怖ろしいらしい。

これに類似したできごとを、いくたびか実際に体験しなかったといえば嘘になるし、かといって体験したといえるほど、はっきり覚えているわけでもない。そのできごとを覚えているであろう人びととは、その気まずさのゆえかどうかすらさだかではないが、連絡が途絶えてしまったり、人によってはもう死んでしまってこの世にいなかったりする。とはいえはるか昔の少年時代に読んだ『人間失格』でも似たような場面がひどく怖ろしくて、それきり太宰治を読まなくなってしまったことを思えば、実際に体験するまでもなく、もともとこの種の情景が大の苦手だったのかも知れない。

この種の情景――。そう遠くない場所で、誰か女が男に犯されそうになっている。自分が動けばそれは成就されないに違いないのだが、どうしても彼らに手を出すことはかなわず、自分ではただ見ているしか、聞いているしか、気配を肌で感じているしかできない。むしろその見ていること、聞いていること、気配を感じていることこそが、自分とその男との――あるいは、その女との――共犯関係を成立させているのかも知れない。視姦《しかん》というべきか、屍姦《しかん》というべきか……。そんな情景が決定的場面として複数回にわたって反復される小説を、ぼくは読んでいる。しかし、ぼくの記憶はどこまでも不確かだ。その小説、大江健三郎の『臈《らふ》たしアナベル・リイ総毛立ちつ身まかりつ』（文庫版で『美しいアナベル・リイ』と改題）を、ぼくが初めて読んだのはその体験より以前だったのか、それとも以後であったのか、あるいはそもそもそんな「体験」など初めから存在しなかったのか。記憶のよすがとなるべき小説そのものが、明らかに大江健三郎その人と思われる――実際に作中でその名をもって呼ばれさえする――〈私〉を語り手としながら、現実と虚構が小説の至るところでそれと判別しがたいまでに入り混じり、余計にぼくの記憶を危うくする。

表題が示すように、その小説は孤高の学匠詩人・日夏耿之介《ひなつこうのすけ》が縦横無尽に雅語を駆使して訳したエドガー・ポー最期の詩「アナベル・リイ」（『ポオ詩集・サロメ』講談社文芸文庫）の周囲を旋回するようにして展開する。はるか年少、十三歳の従妹ヴァージニアを（書類を改竄《かいざん》してまで）娶《めと》ったポーは、恐らくはその性的不能のため処女妻のまま、結核によって彼女を亡くし、その後ややあって自身も無残な死を遂げる。その死の直前に書かれ、死後初めて発表された「アナベル・リイ」は、おのれとその妻を模したに違いない〈われ〉と少女アナベル・リイとの、

在りし昔のことなれども
わたの水阿《みさき》の里住みの
あさ瀬をとめよそのよび名を
アナベル・リイときこえしか。
をとめひたすらこのわれと
なまめきあひてよねんもなし。

というような無垢《むく》な愛の日々が、ある日「天人だも」の「ものうらやみのたね」となって

しまったがために、

帝郷の天人ばら天祉《てんし》およばず
めであざみて且さりけむ、
さなり、さればとよ（わたつみの
　みさきのさとにひとぞしる）
油雲《いううん》風を孕《はら》みアナベル・リイ
そうけ立《だ》ちつ身まかりつ。

というわけでアナベル・リイの死をもって絶たれるまでを、（日夏の訳詩からは想像もつかないほど）ごく平易な英語を用いつつ極めて音楽的に完成された韻律で綴った、六聯《れん》から成る詩である。ポーが小説と詩とを問わず一生かけて変奏し続けたペドフィリックにしてネクロフィリックな愛情の主題が最後に奏でたこの一曲を、大江はさらに変奏する。大学教養課程で級友だったプロデューサーの木守《こもり》と再会した〈私〉は、「永遠の処女」とも称される国際的な女優〈サクラさん〉を主演に据えた映画の計画のため奔走する。その過程で三人は同宿し、そこで〈私〉は木守が〈サクラさん〉を犯すのを、それと知れる距離にいながら、そして〈サクラさん〉から「＊＊ちゃん、来て！」と呼ばれながら、何もできぬままに「双子である自分らのひとりが、そうでなければこちらの果たす役割を受け持とうとしている」と思いながらやり過ごすことになる。立ち上がらなかった〈私〉は翌朝、木守から「おれに先を越された、そういう気持がきみにあるかも知れないが……あのような成り行きでね。弁解はしないよ。きみもまだ起きていて、あれから彼女がシャワーを浴びに行くのを見送っただろう？」と声を掛けられ、前夜の行為についていささか饒舌《じょうぜつ》な彼の語りを聞かされる。

この情景はふたたび変奏される。戦後間もないころ、少年の日の〈私〉が住んでいた愛媛の松山で、やはり少女の日に戦災孤児であった〈サクラさん〉は庇護者のアメリカ兵によって「アナベル・リイ」を題材にした短い映画のモデルにされる。その映画を〈私〉こと大江少年もまた、日夏耿之介の訳詩に魅せられてポーの原書を読むため訪れた進駐軍のアメリカ文化センターで——伊丹十三《いたみじゅうぞう》とおぼしき友人とともに——見せられていた。しかし〈サクラさん〉と再会した〈私〉は、詩の最後の一聯を欠いたまま終わってしまうその映画の謎を追い求め、そして少年のときには見せてもらえなかった、撮影者の米兵によって削除された結末を見ることになる。そこには薬によって眠らされ、性的ないたずらを受けた——ポーが不能だったという説をなぞるかのように、その米兵もまた最後まで彼女と完全な交接を果たすことはなかったのだが——まだ幼い〈サクラさん〉のあられもない姿が記録されていた。

物語はこの二つの情景を、そしてまたポーの原詩と日夏の訳詩とを、いわば二つの軸として、楕円を描くように構成されている。老境にあって〈私〉たち三人は中絶していた映画製作プロジェクトを再開し、木守が〈私〉の影響を受けて〈サクラさん〉に日夏訳『ポオ詩集』をもじったラブレターを送り、さらには「アナベル・リイ」の最終聯をもじった自分の墓碑銘を〈私〉に披露する。「夜のほどろ鬱林《うつりん》のもなかの土封《つむれ》／木立のきはのみはかべや／こひびと我妹《わぎも》いきの緒の／そぎへに居臥《ゐふ》す身のするかも」と——。

ここにもじられている最終聯がもともとはどうであったか。知りたいと思っても日夏訳はどこへ雲隠れやら手許に見付からず、さりとて英語の苦手なぼくはポーの原文を手にとるでもなし、無精をしてステファヌ・マラルメの散文による仏訳の頁を繰ってみるのだが、なぜかそれらしき言葉に行き当たらない。少し目をあげて、ぼくは気付くことになる。マラルメはこの詩をフランス語に訳すにあたって、最終第六聯と入れ替えるかたちで、原詩の第五聯を末尾に配するという改竄をおこなっていたのだ。

とはいえ、これもさして驚くには値しないことかも知れない。ポーには「眠る女」——日夏訳だと「睡美人」——という、これも他界の住人によって命を奪われたアイリーンなる女を恋人の視点から描いた詩があるが、この詩の仏訳においてもマラルメは自身の文学観に基づいてポーの原詩を捻《ね》じ曲げるような翻訳、すなわち改竄ないし誤訳を犯しているのだという卓抜な指摘をかつて読んだことがある。ポーの詩で先祖の眠る墓を愚弄したために自身も墓へと誘われてしまう女アイリーンは、マラルメの仏訳では初めから死者と近しい性格を有していたことになり、彼の未完の散文詩「イジチュール」の主人公のように——あるいは彼のライフ・ワークであった劇詩「エロディアード」の冷酷な処女姫エロディアードのように——半ば意図的に自らの死を選びとったものと解釈し直される。これはもはや誤訳や改竄というより、マラルメによる一種の変奏というべきだろう。だとすれば、未練がましく亡き恋人の墓にすがりつく〈私〉をうたった第六聯を末尾に配したポーの原詩に対して、本来ならその前に来るはずの第五聯を最終聯としたマラルメの仏訳もまた、大江健三郎のそれとも異なったひとつの「アナベル・リイ」変奏曲をなしているはずである。ぼくはようやく探し当てた日夏訳の第五聯と第六聯とを、マラルメに倣って並べ替えてみた。

月照るなべ
藹たしアナベル・リイ夢路に入り、
星ひかるなべ
藹たしアナベル・リイが明眸俤《めいぼうもかげ》にたつ
夜のほどろわたつみの水阿《みさき》の土封《つむれ》
うみのみぎはのみはかべや
こひびと我妹《わぎも》いきの緒の
そぎへに居臥す身のするかも。

ねびまさりけむひとびと

世にさかしきかどにこそと
こよなくふかきなさけあれば
はた帝郷のてんにんばら
わだのそこひのみづぬしとて
藹たしアナベル・リイがみたまをば
やはかとほざくべうもあらず。

日夏耿之介はもちろんポーの原詩に拠《よ》って訳しているから、七五調を基調としながら最後の「そぎへに居臥す身のすゑかも」を七七調にすることで韻律のうえでも詩に決着をつけているので、それを並べ替えて「やはかとほざくべうもあらず」の七五調を結末にもってくるとやはり訳詩の音楽的効果は減じてしまう。それを承知のうえでなお、ぼくはここにマラルメの「変奏」を聴きとる思いがする。

幼い二人のあいだの愛が、どんな年長者《ねびまさりけむひとびと》よりも、どんな賢者《世にさかしきかど》よりも「こよなくふかきなさけ」であるために、どんな天使《てんにん》にも、どんな悪魔《みづぬし》にもアナベル・リイの「みたま」を「とほざ」けることはできない。そう高らかにうたいあげる第五聯を末尾に据えたとき、マラルメの眼前にはもはや第六聯の、恋人の墓に未練がましくすがりつく情けない〈私〉の姿はなく、そこにはただ、強制された死を自ら選びとったものとして受け取り直すことで、より高次の魂を獲得したアナベル・リイのおもかげだけが映っていたのだ。

そこまで考えたとき、ふいに、いくつか記憶の断片がヴィジョンとしてよみがえってきた。水平線のかなたに夕陽を沈めてゆく、誰もいない晩夏の砂浜。またあるいは、冷たい初秋の小糠雨《こぬかあめ》がかぼそく降る薄暗い港町。ぼくにとって「あのとき」の記憶、つまり何度も夢に見た「あの情景」に遭遇した数度の経験は、常にどこか海辺の光景——日夏の訳語を借りれば「わたつみの水阿」「うみのみぎは」の景色——と結び付いていたのだった。まぶたの裏にうかぶ海をみつめ、聞こえるはずのない潮騒《しおさい》に耳を傾けながら、もうあの夢を見ることはないだろう、と思った。これからも夢のなかでぼくは死ぬかも知れない。だが、それは夢のなかのぼくが選びとった、奪い返した死だ。

もう、あの夢を見ることはないだろう。確信を抱いて、ぼくは寝床にふたたび潜り込んだ。この仮寓から、海はあまりに遠くて見えないけれど。

書かれざる物語 ――『二人であることの病い』

姉さん!
飢え渇き卑しい顔をして
生きねばならぬこの賭はわたしの負けだ
死にそこないのわたしは
明日の夕陽を背にしてどうしたらよいのだろう
――鮎川信夫「姉さんごめんよ」(『鮎川信夫詩集』現代詩文庫)

彼が書こうとしていたのは小説であったのか、論文であったのか、今となってはもう知る術もない。何度その計画を聞かされたことか知れないが、はじめ一冊の手帳をめぐるメタフィクションになるはずだったのに、次に会ったときは謡曲のかたちにするのだと意気込んでおり、かと思えばフランス文学と精神分析との関係を問いなおす論文を書いて大学院へ行くのだと言いだし、そしてぼくの視界から姿を消してしまった。

なにせ何度も聞かされてきたから、どんな題材を扱うつもりだったかはおおかた覚えている。覚えてはいるのだが、それはぼくのほうだけで、彼のほうでどんどん記憶が曖昧になっていく。高校時代にあるスナッフ・フィルムを手に入れた実体験を元にしている、と言っていたのが、手に入れたのはフィルムではなく手帳だったことになり、その手帳もひょっとしたら高校を出てから自分で書いたものかも知れず……と、話は二転三転する。スナッフ・フィルムというのは実際の殺人現場をとらえた映像のことだけれど、フィルムにせよ手帳にせよ、その元になった殺人事件が本当にあったことなのかどうかも定かではない。最初、彼の同級生が双子の姉を殺した事件だと言われていたのが、じつはそれは彼の創作で、県内のべつの高校で男子生徒が母親を殺した事件に想を得たのだと打ち明けられ、それからしばらく会わないでいたら、いや、やっぱり犯人は同級生のしかし女子生徒で、母親に毒を盛ったが未遂に終わったのだということになり、ところがぼくが詳しく調べてみるとそれは彼の出身県で起こった事件ではなかった。強いて共通項を挙げるとすれば、いずれの事件も——最初の事件は事実かどうか確かめられなかったが——犯人が彼と同い年の高校生だという点ぐらいだった。あれは虚言癖なのだろうか。だが、図書館でマイクロフィルムから複写した新聞記事をまとめて問いただすと、彼はじぶんの記憶が誤っていたことにひどく怯《おび》え、ぼくのことなど放り出してあちこちに電話をかけてむかしの友達や地元の知り合いに確認をとって、ついに彼の記憶が虚偽であったことをたしかめるといよいよ蒼《あお》ざめ、病院にかかるならどこがよいだろうかと相談された。

これらの細かな差異をひとまず無視して、彼がいくどとなく語った筋書きだけを要約すれば次のようになる。すなわち、彼と同年の少年ないし少女が高校生のとき、なんらかの手段で肉親をあやめる。その事件を素材に、殺す側と殺される側とを双子の少女にして、殺される側の少女が胎内に宿していた子供を、殺す側の少女が腹を割いて取り出し、恍惚として食べてしまうという物語を、まず彼は考えだした。――小説を書こうと思っていたんだ。でも書けなかった。最初に書こうとしたのは高校時代だった。核になる物語はごく単純だ。東北の地方都市に双子の姉妹がいて、ふたりの間には体の関係がある。姉のほうは中学の卒業式の日に失踪《しっそう》してしまった。妹は地元の進学校に入ったが、次第に不登校になっていく。ある日、何の前触れもなしに姉が帰ってくる。妊娠していた。父親はわからない。深夜、妹は姉を誘い出す。そして遊園地の廃墟で姉を殺し、腹を裂き、胎児を取り出して食べてしまう。翌朝、ひさびさに学校を訪れた彼女は、一部始終を収めたヴィデオをある生徒に手渡して、その足で電車に飛び込んで死ぬ。「これを、ヴィデオを手渡された生徒の視点と、双子の妹の視点とを交錯させながら書くつもりでいたんだよ」。高校生の彼はそれをそのまま小説にしようとしたが、素材となった二つないし三つの事件があまりに身近であったためにうまく距離感をつかめず、あるいは周囲から執筆をとがめられ――この点についても彼の発言は一定しなかった――いくつかの断片を書きつけるにとどまった。舞台は彼が高校への通学に使っていたローカル線の車窓から毎朝のように見ていた、廃墟のまま放置された遊園地。同じ顔、同じ姿かたちをした二人の少女が殺し合う思想的背景には、そのころ彼が読みかじっていたジャック・ラカンの初期論文がきわめて生硬に適用されることになっていた。

図書館に入り浸るうち、彼は一九三三年にフランスのル・マンで起きた殺人事件に行き着いた。ふつう犯人の名をとって「パパン姉妹事件」と呼ばれるその事件について概略を記せばおおよそ次のようになる。パパン姉妹とは二十八歳の姉クリスティーヌと二十一歳の妹レアの二人姉妹。その年の二月二日、二人はメイドとして奉公していた屋敷で、主人一家の留守中に停電を起こしてしまう。そこに一家の母と娘が帰ってくる。「姉妹はそれぞれ一人の敵へつかみかかり、犯罪史の上でも前代未聞のことと言えるが、生きたまま両の目を眼窩《がんか》からえぐりとり、敵を打ちのめす。ついで、手近なところにあったハンマー、錫《すず》の酒壺、包丁などをつかって、相手の体を攻撃し、顔をつぶし、さらに、陰部を露出させて、一人の腿《もも》と尻を切りつけ、その血をもう一人の腿と尻になすりつける。彼女たちはそのあとこの残虐な儀式の道具類を洗い、自分たちの身体を浄め、そして同じベッドに横たわる。《ひどいことをしちゃった！》これが彼女たちの交わした文句であるが、それは血みどろの饗宴にひきつづく目ざめのしるしを告げているようで、いっさいの感情を欠いていた」（ラカン『二人であることの病い』宮本忠雄・関忠盛訳、講談社学術文庫）。さまざまな精神科医たちがこの事件について言及した中で医学の専門雑誌とは毛色の違う、シュルレアリスム周辺の文学者や芸術家たちによる雑誌『ミノトール』に論考「パラノイア性犯罪の動機」を寄せたのが、若き日のジャック・ラカンだった。よく知られるように、ラカンはのちに難解きわまる論文集『エクリ』をもって精神分析、さらには人文諸科学の分野において世界的な影響を及ぼすこととなる。かくしてその初期論文集は日本語にも訳され、大学図書館に収蔵され、小説を欠きあぐねていた彼の目にも触れたのである。

——だって、邦題がうまいんだ。『二人であることの病い』。マル・デートル・ドゥ。確かにラカンがパパン姉妹を論じて使ってる言葉だけど、それを本の表題にしたのは編集者のセンスだろうな。パラノイアの何とか、精神構造がどうとか、そんな題じゃ売れそうにない。現代思想が売れてた頃の本だから、こういう邦題がついたわけだ。この調子で訳文のほうももうちょっと頑張ってほしかったんだけど。「けれども姉妹は傷つけ合うのに必要な距離をたがいにとることさえできなかったように思われる。真のシャム双生児的な心をもって、彼女たちは永久に閉じた一つの世界を形成している。犯行後の彼女たちの供述を読んでローグル博士は述べている、《同じものを二つ読んでいるようだ》と。彼女たちは、二人だけの手段でもって、自分たちの謎、つまり性についての人間的な謎を解かなければならない」ときたもんだ。発表媒体が芸術畑の雑誌だったんだし、こういうところはもうちょっと文学的にやってほしかったよなぁ。

「だから、この論文を読んでも小説は書けなかった、と？」——いや、読んだのはこれだけじゃなかった。ラカンについてちょっと勉強すれば、たとえばヘーゲルの影響なんてことはすぐわかる。パパン姉妹について書いた時点でラカンがヘーゲルを読んでいたかどうか？　論文を書こうとしてるわけじゃないんだから、そこまで気にしてる余裕はなかったな。ともかく『精神現象学』を読んだんだ。もちろん翻訳の、それもいちばん安いやつ。分冊になってたんだけれど、「主人と奴隷の弁証法」が勘どころだって聞いたから、それが載ってる巻だけ買ってきた。その訳では主人と奴隷じゃなくて「主《あるじ》と僕《しもべ》」。でも、こっちはあんまり難しいんで、すぐに投げ出しちゃったよ。翻訳もあんまり評判よくないが、そもそも原文がひどいドイツ語らしい。まだ若い貧乏学者だったヘーゲルが下宿のおかみさんを孕ませちゃって、当座の金が要るってんで大急ぎで書いたっていうんだから。ヘーゲルの弟子筋の学者たちが代々口伝で、ここは宗教改革のことを書いてるとか、こっちはナポレオンを見ながら書いただとか、そういう註釈を付けながら読んできた。日本にもそれが留学生を介して戦前から伝わってたようだし、ジャン・イポリットとかアレクサンドル・コジェーヴとか、そういう註釈を集大成したフランスの学者の仕事も翻訳されてるんだけど……まあ読んでる余裕がなかったんだな。

およそ学術的な著作を読むには忍耐力も基礎知識も足りない彼は、代わりに同じパパン姉妹事件を題材にしたといわれる戯曲に目を向けた。泥棒作家ジャン・ジュネの『女中たち』（渡辺守章訳、岩波文庫）は、ごっこ遊びの末にその延長上で姉妹が殺し合うことになる経緯をメタフィクション風のこみいった構成で書いた作品ということで、ラカンからヘーゲルへ遡《さかのぼ》るよりも手っ取り早く思われたらしい。舞台の幕が開くと、女中と女主人とが言い争っている。女主人の夫は何者かの密告で囚われの身になっているらしい。と、女主人が女中の名前を呼び間違える。実は二人とも女中で、女主人の留守中に彼女の服を勝手に着て「奥さまと女中ごっこ」に耽っていたのだった。姉のクレールが女主人役、妹のソランジュが姉のクレール役をそれぞれ演じていたのである。それが一本の電話によって中断される。囚われの身だった女主人の夫、「旦那さま」が釈放されることになったのだという。旦那さまを密告して牢獄に追いやった犯人は、ほかならぬクレールとソランジュの姉妹だった。旦那さまの逮捕で気落ちした女主人をうまく騙して財産を手に入れるつもりだったのだが、その計画に破綻《はたん》が生じてしまった。そこに運悪く女主人が帰って来てしまう。電話に気付かれる前に彼女を殺してしまおうと紅茶に毒を仕込む姉妹だったが、不注意から女主人は電話の件に気付いてしまい、紅茶に口をつけることなく家を出ていってしまう。すると姉妹はなにかに強いられてでもいるかのように、「奥様と女中ごっこ」の続きを始めなくてはならない。そして半ば錯乱しながらも、女主人役のクレールはクレール役のソランジュからジャスミン・ティーを受け取って、それが毒入りだと知りつつも飲み干すのである。

クレール　（奥様のベッドに横になる）繰り返すわ。邪魔をしないでね。聞いている？　言ったとおりにするわね？　（ソランジュは、肯く）繰り返すわよ。わたくしの、菩提樹花のお茶を！

ソランジュ　（ためらって）でも……

クレール　菩提樹花のお茶、と言っているのですよ！
ソランジュ　でも、奥様……
クレール　そうよ、続けて。
ソランジュ　でも、奥様、もう冷めております。
クレール　それでも飲みます。おくれ。

ソランジュは茶器をのせた盆を持ってくる。

まあ、お前、一番立派な、一番大切な紅茶茶碗に注いだのね……

彼女は茶碗をとり、飲む。その間、ソランジュは正面を切ったまま、身じろぎもしない。手錠を掛けられたように、両手を前で交叉《こうさ》して。

それが原因になったのか、レポートを褒められて図に乗ったのか、彼はひところパパン姉妹事件をめぐる文学的思想的問題というようなテーマで論文を書いて、仏文科の大学院を受けると言いだしたことがあった。「もう小説はやめたよ」「これは論文で書くのが一番いいテーマなんだ」とまで口にしていたはずだ。しかし個別の作家論などと違って、こうした雲をつかむような抽象的なテーマは大学院を受けるにはあまり歓迎されない。もっと具体的な作品を取り上げたほうが、と精一杯の助言をすると、移り気というか飽きっぽいというか、そういうところのある彼はどんどん変な方向に突き進んでいった。単位がとりやすいというので能楽についての講義をとったらしく、そこで読んだ一篇の謡曲が自分のテーマにしっくりくると言いだしたのだ。

――世阿弥《ぜあみ》の作とされてる謡曲でね、「山姥《やまんば》」っていうんだ。世阿弥自身がこれはあんまり凝った趣向にし過ぎたっていうんで、後年の『中楽談義《さるがくだんぎ》』で反省しているぐらいの、まあ、今風に言えばメタフィクション的な構成だったわけ。それで、ここからがジュネの『女中たち』にも通じるんだけど、これも女二人が「演じる」というのを中心テーマに据えてるんだな。能にはシテとワキってのがいて、ワキは旅の僧とか、そういう脇役。対するシテっていうのは最初、なにか思わせぶりな姿でワキの前にあらわれるんだが、後段でその正体が明かされる。だいたい和歌にちなんだ亡霊とか、鬼神とか、そういう異形のものだ。この「山姥」のワキは、百ま山姥という芸名の女曲舞《おんなくせまい》。曲舞ってのは次第に能楽に取り込まれて消えてしまった当時の芸能で、それを演じる女優だってんだから、まあ白拍子《しらびょうし》とかと同じ、一種の遊女でもあったんだろう。山姥役を演じて当たったというんで「百ま山姥」と呼ばれているこの遊女が、山を越える途中で本物の山姥に遭遇してしまうんだな。もちろんこの山姥のほうがシテだ。そしてクライマックス、百ま山姥に代わって本物の山姥が山姥をモデルにした曲舞を歌い、踊ってみせる。二重にも三重にも入り組んだ入れ子細工の劇中劇、まさにこれこそメタフィクションだろう！「そもそも山姥は、生所も知らず宿もなし、ただ雲水を便りにて、至らぬ山の奥もなし。しかれば人間にあらずとて、隔つる雲の身を変へ、仮に自性を変化して、一念化生の鬼女となつて、目前に来れども、邪正一如と見る時は、色即是空そのままに、仏法あれば世法あり、煩悩あれば菩提あり、仏あれば衆生あり、衆生あれば山姥もあり、柳はみどり、花は紅の色々。さて人間に遊ぶこと、ある時は山賤《やまがつ》の、樵路に通ふ花の陰、休む重荷に肩を貸し、月もろともに山を出で、里まで送る折もあり、またある時は織り姫の、五百機立つる窓に入つて、枝のうぐひす糸操り、紡績の宿に身を置き、人を助くる業をのみ、賤《しづ》の目に見えぬ、鬼とや人の見るらん。世を空蟬《うつせみ》の唐衣、払はぬ袖に置く霜は、夜寒の月に埋もれ、打ちすさむ人の絶え間にも、千聲萬聲《せんせいばんせい》の、砧《きぬた》に聲のしで打つは、ただ山姥が業なれや、都に帰りて、世語りにさせ給へと、思ふはなほも妄執か、ただうち捨てよなにごとも、よしあしびきの山姥が、山巡りするぞ苦しき。あしびきの。山巡り。……」（『日本古典文学大系41　謡曲集下』岩波書店）

　ちょっと自分に酔ったような調子でここまで音読してみせた彼に、ぼくはいささかの気後れを感じながらも、それはちょっと『女中たち』に寄せ過ぎではないかしら、この山姥は人を殺めるどころか、人助けをしても報われない身の上を嘆いているばかり、それよりきみが最初にもっていたテーマに近付けるならむしろ、謡曲は謡曲でも「黒塚」のほうがいいのではないのかね――と口を挟もうとした。仕えていた姫君の病気を癒すという目的こそあれ、鬼婆が妊婦の腹を裂いて胎児を取り出し、その生き胆を狙うという点では彼が当初書こうとしていた姉妹の物語によっぽど近い。そして殺された妊婦が実は鬼婆の生き別れの娘だったというオチまでつくのだから、骨肉の殺し合いという意味でもよっぽど参考になるのではないか。

「そういえば鬼婆の黒塚があるのは奥州安達ヶ原、小説の舞台になるはずだったきみの地元もそこから程近いのではなかったっけ」――そうか、そうだな、そういう見方もあるか。そういえば子供のころ、鬼婆の物語を人形芝居だか影絵芝居だかで見せるテーマパークに行ったことがあったな、子供の頃。あそこは閑散としてたなぁ。で、それはそれとして、『女中たち』と「山姥」のメタフィクション的構成だよ。これはどっちも女が女を演じるうちに、どこまでが演技でどこからが本気なのかわからなくなる劇中劇の構造をとっている。それを書いたのが片やかつて男娼として身体を売っていたジュネ、片や時の将軍義満の寵愛《ちようあい》を受けた世阿弥、どちらも男色をいわば生業としてきた男なんだ。男と男が交わっても当然ながら子供はできない。そういう立場に置かれた男にとって、生殖による再生産機構を体内にもつ女というのはそれ自体が一種の劇中劇、一種の入れ子構造に見えるんではないかと……「しかし、そういう一面的なものの見方はどうかなぁ。いささか性差別的にも聞こえるけれど」――それは、まあ、それとして、これを「劇中劇としての女性」という題で論文にまとめようと思うんだ。仏文？　そんなのはやめだな。比較文学だよ。謡曲とジュネの比較だ。そうやって研究しながら、同時に『女中たち』を謡曲の形式で書き直す。これはシテが落ちぶれた旅の男娼、つまり『女中たち』の作者になるジュネ自身だな。これが朽ち果てたお屋敷に一夜の宿を求め、かつて女主人を殺した自分たちの所業を繰り返し再現するメイド姉妹の亡霊に出会う。これがシテ。パパン姉妹の亡霊が屋敷にとりついて、『女中たち』そっくりの劇をやってるのをジュネが見届けるというのを複式夢幻能の形式で書くんだ。研究と創作の両立、文人学者、学匠詩人、ラテン語でいうポエタ・ドクトゥスってやつだよ。

興奮した彼が語り続ける明るい未来の幻想に、ぼくは何とか割りこもうとする。でも、最初に書こうとしていた小説のほうはどうなったんだ。あの姉妹の殺し合い、胎児を取り出して喰らってしまう話は？——だから、それもメタフィクションなんだ。殺し合う姉妹は互いが互いの物語、フィクションだし、さらに腹の中にいる胎児はまさに入れ子構造の劇中劇だ。それをやるためには、書ききるためには、メタフィクションを自家薬籠中のものにしておかなくちゃならない。自分があのとき受け取ったのはスナッフ・フィルムだったのか、手帳だったのか、あるいはあの事件そのものが自分の考え出した妄想に過ぎなかったのか。そうやって錯綜していく記憶、定かならざる記憶を書くには充分な構成と準備が必要だ。自分の同一性、アイデンティティを保証するのは記憶だけなわけだが、その記憶が改竄されているとしたら、信用ならないとしたら、あるいは、記憶喪失に陥ったとしたら、果たして「ぼく」とか「私」とかいう一人称で語れるものだろうか。そうそう、そういうことを考えるときにうってつけの小説もあるんだよ。倉橋由美子、知ってる？　その『聖少女』って書き下ろし長篇がすごいんだ。いまも文庫で出てると思うよ。交通事故で母親を亡くして記憶喪失に陥った少女と、六〇年安保のあと虚脱感でいっぱいの不良少年たちが、少女がかつて書いていたノートをめぐって右往左往する小説なんだけど、そのノートに書かれていた彼女と「パパ」との近親相姦が事実かどうかというのが眼目で、実はその「ノート」部分はもともと倉橋由美子が「わたしの心はパパのもの」っていう題で雑誌に発表していた中篇小説が元になっていて……。

　際限なく続く彼の話、その話が続く限りその「小説」が書かれることは永遠にないだろう。彼は語り続けることで彼の「小説」の書き出しを延々と先へ先へと繰り延べていく。あるいはそうやって語り続けること、永遠に本筋に到達しない繰りごとを続けることだけがそのメタフィクション的な「小説」を書くための唯一の手だてなのかも知れない。だから彼がぼくの前から姿を消したというのは恐らく、嘘だ。彼の嘘にぼくが嘘をかさね、ぼくの嘘に彼が嘘を重ねて、記憶も、現実も、アイデンティティも、すべてが蜃気楼《しんきろう》のように無限の彼方へと遠ざかっていく。なんという勝ち目のない勝負だろう！「そもそも、ぼく自身が彼の書いている小説の登場人物に過ぎないのだから？」

II

書物への旅

批評的エセー

世界は一冊の書物 ——『マラルメ詩集』

LE MONDE EST FAIT POUR ABOUTIR A UN BEAU LIVRE.（世界は一冊の美しい書物に近付くべく出来ている）……今なお現代思想の世界に深い爪痕《つめあと》を残すフランス十九世紀の詩人、ステファヌ・マラルメのこのあまりにも有名な言葉に初めて出会ったのが、十八歳の冬、県立福島高校の図書室だったというのは、もしかすると偽の記憶かも知れない。けれどこの一節を思い起こすときぼくの視界にはいつも、三年間にわたる死に物狂いの受験勉強が「指定校推薦」のために書いた原稿用紙十枚の作文だけであっさり終わってしまった、その虚脱感と解放感のなか、もう授業に出る必要もなくなった昼間の時間を持て余して毎日ぶらぶら通っていた図書室、その窓から見える雪の信夫山《しのぶやま》と、その背景に絵の具で塗ったようにひろがる冬の蒼空とが浮んでくるのである。

「**憑かれてゐるのだ　俺は。**蒼空、蒼空、蒼空、蒼空。」……これは、マラルメの詩「蒼空」最終行の鈴木信太郎による訳（『マラルメ詩集』岩波文庫）。かれこれ半世紀近く前に出たこの邦訳が、結局のところつい最近までいちばん手に入りやすいエディションだった以上、時代遅れの詰襟学生服を着た東北の片田舎の高校生が詩人との出逢いを果たしたのも、恐らくはこの小さな文庫本でのことだったろうと思う。あるいは既に、中村真一郎や福永武彦の自伝的エッセイなどを通して、このマラルメ研究の世界的権威にして日本仏文学界の草分けでもある碩学・鈴木信太郎の厳格な講義ぶりにさえも触れていたかも知れない。中村や福永の小説はさして面白いとも思わなかったけれど、フランス文学に軸足を置きながら世界の文学を原語で読みあさりつつも、同時に海外文学を読むのと同じ目で日本の古典文学にも深く親しんでいる彼らのディレッタント的な立場は、短歌などという古めかしい文学様式に魅かれながらフランスをはじめ海彼の文学や思想への憧れをも抱きはじめた少年にとって、一つの理想形であったから。

右手のみ無き人形をいちめんの菜ノ花畑に埋めて帰りぬ
死してなほ翅《はね》を展《ひろ》ぐる蝙蝠《かうもり》のはねに凍てつく月かげのいろ
日蝕の朝をわれらに知らせしはけふ殺さるる牛の鳴くこゑ
亡霊のをとめをそつと眠らせて夢幻の如く夜桜の散る
鉱物の蝶は砕けて消えてゆき魚類の蝶は溺《おぼ》れゆくかも

そのころぼくが作っていたのは、こんな歌だった（それ以降のぼくの短歌に興味がある向きは書肆侃侃房《かんかんぼう》から出ている『忘却のための試論』を参照されたい)。当時のぼくがマラルメ以上に翻訳を通じて親しんでいたのはエドガー・ポーやボードレール、オスカー・ワイルドやホフマンといった作家たちであり、また作歌のための唯一の羅針盤が古本屋で見付けてきた『寺山修司青春歌集』(角川文庫)であったという事情もあるけれど、何よりもまずぼく自身の中になにか陰惨でそれでいて耽美的なものへの少年らしい憧憬があったから、こういう短歌が溢れるように湧いてきたのだろう。球体関節人形とかゴスロリとかいった流行、それに澁澤龍彦あたりの再ブームはぼくが住んでいた福島県伊達《だて》郡《ぐん》保原町《ほばらまち》というスタバもマックもツタヤもない田舎町にまでも届いていたし、ラジオから流れてくるALI PROJECTのヴォーカル、宝野アリカの歌声は適度に通俗的なアニメ・ソングというかたちでその入口を示してくれていた。もっともその当時、マラルメ学者の立仙順朗《りっせんじゅんろう》を旗振り役にその宝野アリカまでもが招かれて、慶應大学で『人造美女は可能か?』(慶應義塾大学出版会)なんておあつらえ向きなシンポジウムが開かれていたことまでは、流石《さすが》に福島の片田舎の高校生には知る由《よし》もなかったのだけれど……。

ともあれこの種の、それもここには載せられないようなもっとずっと出来の悪いものも含めた短歌を五十首とか百首とか憑かれたように原稿用紙に書き付けては、新聞部の仲間、理系クラスにたむろしていたオタクっぽい連中、そして国語の先生などに半ば強引に見てもらっていた。ほとんど口をきかず、いつも詰襟の一番上のボタンまできちんと留めて教室の片隅で文庫本に読み耽っているネクラな生徒から、急にこんな心の闇をぶちまけたような気味悪い短歌を大量に押し付けられ、感想を求められた人々の胸中はいかばかりであったか。今になって推察しては、心の内でひそかに詫《わ》びる次第である。

そのころからもう長い時が経って、ぼくは仏文科の大学院生になったけれども、やっていることはといえば当時の延長線上をさほどはみ出ることもないままだ。たしかに外国文学には翻訳だけでなくフランス語や英語のテクストでも接するようになったし、周囲の人に見せびらかして困惑させるだけだった短歌も、どうにか角川短歌賞や現代歌人協会賞という通行証のようなものを手に入れたことで、雑誌に載ったり、さらには一冊の書物として書店に並ぶまでに至った。しかし結局やっていることの根幹は十八歳の冬、暖房の効いた図書室で眠気を誘われながらわかりもしないくせに世界の名著に読み耽り、誰に見せるあてもないままノートに短歌を書きつけていたあの頃のぼくと何も変わりはしない。

ぼくのほうが相変わらず風采の上がらないままいたずらに馬齢を重ね、ネクラな少年からネクラな青年になっただけで何も変わりなくても、書物の世界はいくらか移り変わりもあったようで、なんと岩波文庫の『マラルメ詩集』は、半世紀ぶりで渡辺守章《わたなべもりあき》による改訳版が出たではないか。大学院に進んでから、マラルメ詩集を原書でこつこつ読み進める演習の授業などで「岩波から渡辺守章訳が出るらしい」という噂は耳にしていたけれど、それが遂に現実になったわけである。いそいそと書店に出向き、乏しい生活費を削って買ってくるとさっそく、対話劇の形式で書かれた代表作「エロディヤード」の一節を旧訳と新訳で読み比べてみた。前が鈴木訳、後が渡辺訳である。

種々《くさぐさ》の香料は措《お》け、乳母《うば》よ、われ
香《か》を嫌ふを知らざるか、力の萎《な》えしわが頭《かうべ》の
その陶酔に溺るるを感ぜよと汝は望むか。
捨てておおき、香水などは！　知らないとでも
お言いか、わたしは　嫌いです、香水は。そもそも香りの
陶酔に、疲れた頭が　溺れてしまえばよいとでも？

どちらがいいとか悪いとかではなく、文語と口語（と仮にわかりやすく二分しておくけれど）の二種類の訳がどちらも文庫という、気軽に手に取れるかたちで書店に並ぶようになったというのは素直に喜ばしいことだと思う。これまでもマラルメの邦訳はたくさんあったけれども、筑摩書房の巨大な『マラルメ全集』全五巻をはじめ、高価だったり絶版だったりして、なかなか簡単には入手できなかったのだから。謡曲の詞章のような漢語や雅語をちりばめた絢爛豪華な鈴木訳の日本語を愛し、マラルメの口語訳なんてとんでもないと言い張る人でもやはり、現在に至るまでの膨大な研究成果を書物の半分以上（文庫本にしては分厚い五七九頁のうち詩の翻訳じたいは二〇〇頁ほどでしかない）を占める註解として付けた渡辺訳は無視して済ませられるものではないだろう。だいいち渡辺自身が鈴木信太郎の最晩年の

教え子の一人であり、この新訳も冒頭に「鈴木信太郎先生に献げる」と記すほど旧訳への敬意に溢れている。

劇詩「エロディヤード」や「半獣神の午後」などの翻訳には特に、能楽や現代演劇の現場でも活躍してきた渡辺の豊かな経験が反映されているわけだが、鈴木信太郎のマラルメ翻訳の背景にもまた、旧制高等師範附属中学（現在の筑波大附属中高）時代の恩師に影響された漢学の素養や、下町の大きな米問屋の息子として習い覚えた能や歌舞伎などの素地が十分に活かされていた。この師にしてこの弟子あり、この旧訳にしてこの新訳あり、である。このあたりの事情は鈴木の息子で、これもサルトルやプルーストの翻訳で知られる仏文学者・鈴木道彦がやはり近年になって刊行した評伝『フランス文学者の誕生』（筑摩書房）で知ることができる。この評伝によると、冒頭に引いた「世界は一冊の美しい書物に近付くべく出来ている」というマラルメの言葉は、そのマラルメをはじめフランス文学関連の膨大な文献を収めた鈴木家書庫のステンドグラスに刻まれていたという。そんな「一冊の美しい書物」に近付くための道行を、さまざまな書物を旅の道連れにして記していくのがこの本の目的である。この旅が、同じく書物を愛する読者たちに何らかの土産をもたらすことを祈念して、ひとまず筆を擱《お》こうと思う。

ブライヤーは何の花？――『思想のドラマトゥルギー』

ゴールデンウィークの連休中、体調を崩してしまってどこへも出かけられなかった。もともと貧乏なうえに出不精なので遠出する予定はなかったのだが、消化器に炎症を起こしてしまい毎日のように嘔吐が止まらない有様で、いよいよ家でじっと寝ているしかない。漱石門下で幻想的な小説と軽妙な随筆を多く残した内田百閒《うちだひゃっけん》は「なまけるにも体力が要る」という名言を残したけれど、病気で体力の落ちているときはじっと寝ているだけでも実際なかなかしんどいものだ。何か気を紛らわすような趣味でもあればいいのだが、本を読む以外にこれといった楽しみもないので、枕辺に転がっている本の山から、どこから読み始めてどこで読むのを中断してもさして支障のないようなものを選んで読むことにした。というのも、たびたび胃液が喉元《のどもと》に逆流してきて、そのたびにトイレへ這いつくばって行って嘔吐するのを繰り返していたので、話の筋を追うのに集中力の要るような長篇小説や、同じく緻密な論理を辿らなくては内容が頭に入ってこないような哲学書などは、いちいち嘔吐のために中断していてはとても読めないのである。

そこで手に取ったのが、いつか古本屋の一冊百円の籠《かご》から買ってきた古い角川文庫版の原口統三《はらぐちとうぞう》『二十歳のエチュード』（現在は『定本　二十歳のエチュード』がちくま文庫に入っているが恐らく絶版。読むだけなら青空文庫にアップロードされているので無料で接することができる）だった。これは終戦の翌年、ランボーに心酔して詩人として将来を嘱望《しょくぼう》されながらも、汚れた生存を忌避し、純粋を追い求めた末に自殺した旧制一高――いまの東大教養学部――の学生、原口統三の遺したアフォリズム形式の遺稿集である。その断章形式がそのときの自分にはちょうどよい分量のような気がしていたのだが、いま思えば体調を崩しているときの読書にはいささか毒の濃すぎる、青春期特有の潔癖さと傲慢さが結晶したような本であった。ランボー、ヴァレリー、ニーチェなど心酔の対象だったであろう海外の文豪たちにも容赦ない批判の刃《やいば》がつきつけられており、なるほど当時の超エリートたるところの旧制高校で、さらに詩人として自意識を肥大化させていた秀才の自恃《じじ》はかのごとく強いものであったかと思わせられるのだが、そんな原口が遺稿の中で素直な尊敬の念を吐露している唯一といってもいい人物がいる。

その後で、僕は何か身のまわりに足りない物があるような気がして、押えきれない焦燥に駈られた。机の上に古い向陵時報があり、その上にふと、僕は「清岡卓行《きよおかたかゆき》」という名前を見つけた。そこでわかったのだ。

――パイプだ！

と僕は気がついた。あのマドロス・パイプは橋本にやってしまっていたのだ。

僕は悲しくなりながら、清岡卓行とマドロス・パイプとをこういう推理で結びつけてみた。あたかもポーのデュパンがしたように。――僕のマドロス・パイプはブライヤァだ。ところでブライヤァとは薔薇の根であり、薔薇の根で作ったパイプは上等だと、始めて教えてくれたのは清岡さんだったわけだ、と。

Nonsens！

パイプ。いかにも清岡さんの風貌に似合ったものであった。


（『二十歳のエチュード』）

清岡卓行。詩人として、批評家として、仏文学者として、そして『アカシヤの大連』（講談社文芸文庫）で芥川賞を受けた小説家として知られ、没後十数年のこの人物は、終戦直後に逗子の海で自殺した原口統三の、旧制大連一中――中国の大連は日露戦争以後、日本の植民地であった――から旧制一高まで通じての先輩であり、彼のほとんど無条件の尊敬を得ていた。むしろ『二十歳のエチュード』刊行当時、清岡はいまだ終戦後の混乱で大陸にいたため所在不明、引き揚げ後も家族の生活を支えるため文学活動はおろか、籍のあった東大仏文科の授業にもほとんど出席せず、プロ野球を運営する日本野球連盟――のちセ・パ両リーグへの分裂に際して清岡はセ・リーグに所属する――の職員として働いていたので、刊行当時の『エチュード』読者にとって清岡卓行とは作家でも詩人でもなく何よりもまず「原口統三の先輩」として神話的な人物であったのである。

清岡にはのちに原口について綴った小説ともエッセイともつかない著書『海の瞳』(文春文庫)があり、そこには「もし自分が東京にいて原口統三にときどき会うことができていたら、決して死なせなかったのに」とか「縄で椅子に縛りつけてでも、生きるようにすすめたのに」とかいった記述が見られるという点でも興味深いのだけれども、ぼくがここで書きたいのはこれまで幾度となく語られてきたこの二つの詩魂の伝説的な交流についてではない。ついでに付け加えておけば、ここで原口からマドロス・パイプを貰《もら》った「橋本」すなわち橋本一明《はしもといちめい》についても、彼が原口の無二の親友として遺稿を託され、『二十歳のエチュード』を出版にこぎつけた旧制一高の学生であったことや、その後、原口の遺志を継ぐようにしてランボーを中心としたフランス文学の研究者として精力的に活動しながらも、こちらは病のために若くして逝き、その没後に『純粋精神の系譜』(河出書房新社)と『アルチュール・ランボー』(小沢書店)の二冊が刊行されたことなど、語ろうと思えばいくらでも語れるのだが、それもまた本章の主題ではない。ぼくが気にしているのは、「ブライヤァのパイプ」を渡した原口統三でも受け取った橋本一明でもなく、パイプそのものなのである。

原口統三は清岡卓行から「ブライヤァとは薔薇の根であり、薔薇の根で作ったパイプは上等だ」と教わったという。この一節は妙に印象に残るらしく、のちに『二十歳のエチュード』出版を皮切りに詩集や詩誌の発行に力を尽くす出版社「書肆ユリイカ」を立ち上げ、清岡卓行の第一詩集『氷った焔』をも刊行しながらやはり若くして没した――どうも本章には夭折者《ようせつしゃ》が多い気がする――出版人・伊達得夫《だてとくお》の遺稿集『詩人たち　ユリイカ抄』（平凡社ライブラリー）に収められた「パイプはブライヤア」という短いエッセイでも効果的に使われている。戦時下にあって、当時の日本で最高のエリート養成機関であった旧制一高で「敵性外国語」のフランス語を学び、ランボーに心酔する二人の詩人が交わした会話としてこの一挿話はなるほどそれ自体が既に一篇の詩であるかのように完成されている。けれども、いい加減に胃液を吐き過ぎてその酸で食道が傷付き、吐瀉物《としゃぶつ》に赤黒い血液が混じるようになった頃になって手に取った別の本に、以下のような記述があるのを見付けたことで、ぼくの中で「ブライヤァのパイプ」をめぐる挿話の印象は大きく変化することになる。

ブリュイエルは英語ではブライアーbrierという。ところが、英和辞典を引くと、必ず同じ綴りの語が二つ並んでいる。一つはいばら、もう一つはこのヒースなんだ。フランスのヒースは、特にコルシカ産のが良質で、その根塊からパイプを作る。俗にブライヤーのパイプという奴だな。この頃は間違える人もいなくなったらしいが、昔は辞書を引いて、最初に出てくる「のいばら」に飛びついて〝ブライヤーのパイプは「のいばら」から作る〟なんて、その道の「通」と称する人までが随筆に書いているのを見て、知ったかぶりもほどほどにしてくれと思ったものだ。

（林達夫・久野収『思想のドラマトゥルギー』平凡社ライブラリー）

この一節に出くわして、ぼくはすっかり驚いてしまった。ついさっきまで読んでいた『二十歳のエチュード』では原口統三がいくぶん得意げに「ブライヤァのパイプは薔薇の根から作る」なんて聞きかじりの雑学を披露していたのが、薔薇どころではない、薔薇と「いばら」だって別物だろうに、ブライヤーというのはさらにそれとも別物、俗に「ヒース」と呼ばれている植物の根から作るのだという。清岡卓行が間違った知識を教えたのか、それとも原口統三が勘違いして書き残したまま死んでしまったのか、どちらにせよ若き日の二人の詩人が交わした一篇の詩のような会話は、実のところとんだ見当違いだったわけである。若さゆえの気取り、衒学と思えば微笑ましくもあるのかも知れないが、ぼく自身まだまだその気取りや衒学を脱しきれないところで呼吸しているわけで、いささか幻滅するとともに、自分の知ったかぶりを指摘されたような気がして赤面してしまった。

ついでに付け加えておけば、本物のブライヤーであるところの俗名「ヒース」は学名や和名では「エリカ」と呼ばれ、園芸家にとってはごく馴染み深い植物らしい（ヒースheathというのはもともと「荒野」という意味だったのが、そのうち痩せた土地に咲く植物の俗名に転じたようだ）。ともあれ、ブライヤーの真相を語っているのは三木清の親友にして、京都学派が生んだ哲学者たちの中でも極め付きの異端、英独仏伊西露さまざまな外国語に通じ、膨大な知識を蓄えながらも――あるいはそれゆえにこそ――大著をものすることなくこの世を去った知の巨人・林達夫である（ちなみに言うと林もまた原口や清岡と同じエリート校・旧制一高の出身者である）。盟友の三木清はマルクス主義に接近したために治安維持法にひっかかって思想犯として投獄され、戦後すぐ劣悪な環境の獄中で病死したのに対して、林は戦時中ほとんど思想的な文章を発表せず、もっぱら庭作りに没頭し、趣味の園芸についてのエッセイをいくつか公にしたのみであったのだが、そこにそれと感付かれぬように当時の狂気じみた時勢に対する反感と批判を込めていた。各分野にまたがる林の博識ぶりはつとに知られるところだが、こと園芸に関してはある意味で趣味の域を超えた、軍国主義に対するひそやかなレジスタンス活動ですらあったわけで、筋金入りと言っていい。念のためぼくもあれこれ調べてみたが、やはりパイプの原料となるブライヤーは決して薔薇でも「のいばら」でもなく、ヒースすなわちエリカの根であることが確認できた。

何だかやたらと夭折者の名前ばかり出てくる本章では珍しく、林達夫はまず長生きした部類に入るのだが、「書かない学者」として有名だっただけにその著作は少なく、若くして不遇のうちに死んだ三木清に膨大な全集があるのに比べ、『林達夫著作集』（平凡社）は全六巻（別巻一巻）という慎ましさである。貧乏なぼくでさえあちこちの古本屋で端本を一冊ずつ集めることで、さしたる予算をかけずに全巻揃えることができたぐらいだ。基本的にこの人の著作は短いエッセイ風のものばかりだから、主要な文章は『林達夫評論集』（岩波文庫）や『林達夫芸術論集』（講談社文芸文庫）で今でも比較的容易に手に取ることができるし、かつて中公文庫から出ていた四冊のエッセイ集『歴史の暮方』『共産主義的人間』『思想の運命』『文藝復興』でほとんどの文章を読むことができるので、狭苦しいアパート住まいのぼくなどはこれらの文庫本で済ませて（最初に林達夫の文章に接して彼のファンになったのが古本市で安く手に入れた文庫本だったから思い入れもある）、かさばる著作集は実家に置いている。

ともあれその『著作集』の付録として付けた短い対談をきっかけに生まれたのがこの『思想のドラマトゥルギー』という、豊かな〈知〉の結晶とも言うべき対談集である。ぼくは「学問の楽しさ」を忘れたくないときはこの本を手放さないよう心掛けていて、震災後の福島と東京を行き来して、大学院の入試とプレハブの仮設校舎での教育実習を同時にこなさなければならなかった二〇一一年の秋にはこの小さな対談集を肌身離さず持ち歩いていたし、またこの中で林達夫が紹介しているのに興味を持って読んだ本は一冊や二冊では済まない。たとえばサルトルのジュネ論『聖ジュネ』（白井浩司・平井啓之訳、上下巻、新潮文庫）の邦訳を批判するついでに林が推奨している、スイスの仏文学者ジャン・ルーセの『内部と外部』（ジョゼ・コルティ書店）という十七世紀フランス演劇に関する論文集を、これはいまだに邦訳がないのでフランス語の原書で読んだ。

稀代《きたい》の雑学者・林達夫が、ここでは同じく京都大学出身の哲学者である久野収――いわゆる「市民運動」の旗振り役であったことから最近は人気がないが――という絶好の聞き手を得て、ともすれば「書かない学者」のまま公にされずに終わったかも知れないその多岐にわたる知識を、惜しげもなく、京都学派の哲学者たちやさまざまな文学者たちの、ちょっとゴシップ的な興味をそそるような思い出話をふんだんに交えながら楽しげに語っている。文章だけ読んでいると林達夫というのは厳しい大インテリで、実際にずさんな翻訳やいい加減な知識に基づいて書かれた文章などがあると徹底的に（このブライヤーに関する箇所などかなり優しい部類である）その誤訳や事実誤認をやっつけるという印象ばかりが先行しがちでもあるのだけど、久野収が打てば響くように絶好の相槌《あいづち》を入れてくれるせいもあるのだろう、この『思想のドラマトゥルギー』は読んでいて息苦しさはない。それどころか気分が華やいでくるぐらいで、ニーチェが『喜ばしき知恵』と呼んだのはこういう学問の在り方のことだったのかと思い知らせてくれる。

たとえばブライヤーのくだりはまずエミリ・ブロンテの『嵐が丘』に出てくる「ヒース」とは何ぞや（そういえばこの小説の重要人物の名前も「ヒースクリフ」であった）、という話から始まって、ただ英文学だけを勉強していたのではわからないことだけれど、それが実は「エリカ」という名前で日本でも園芸をやる人にはポピュラーな植物なのだと説きはじめられる。そこに久野収が「西田佐知子に『エリカの花散るとき』という歌があって……」と、話が高踏的になりすぎないよう、適度に柔らかい話題で応じる。西田佐知子といってもぼくの世代はもちろんリアルタイムでは知らないわけだが、今から半世紀以上前に人気のあった女性歌手である。たいへんな美人で「さっちん」の愛称で親しまれていたが、のちに俳優・司会者の関口宏と結婚して引退してしまった。ちなみに久野収は西田佐知子のファンらしく、他にも京大教授の桑原武夫――短歌や俳句をやる人には戦後に発表した『第二芸術論』で悪名高い仏文学者である――もファンで、自分の退官記念パーティに呼んで歌ってもらおうとしたというエピソードが別なところでも語られている。

その西田佐知子の代表的なヒット曲といえば、「アカシアの雨にうたれてこのまま死んでしまいたい……」という歌いだしが、安保闘争の敗北という時代の心情とマッチして印象的な『アカシアの雨がやむとき』にまず指を屈しなければならないだろうが、ぼくはつねづねこのヒット曲の残響が清岡卓行の芥川賞受賞作『アカシヤの大連』に聞こえはしないだろうかと考えてきた。西田佐知子の歌が一九六〇年、清岡卓行の小説が一九六九年（芥川賞受賞はその翌年）だから十年近く間があいているわけだが、その背景こそ違えど生と死のあいだで揺れ動く心を甘美に綴っているという点で、共通項があるといえなくもない。そういえば、それほどヒットはしなかったけれど、清岡の小説からタイトルを借りた『アカシヤの大連』という歌謡曲もあった（歌ったのは小柳ルミ子）。

……といった具合に、原口統三『二十歳のエチュード』に出てくる清岡卓行とブライヤーのパイプの話から始まったぼくの気ままな読書は、そのブライヤーとは何かという些細な疑問をめぐって『思想のドラマトゥルギー』にぶつかることで林達夫の切り拓いた広大な〈知〉の沃野《よくや》にまで足を伸ばすことになったわけだが、西田佐知子という思わぬ道を通って再び清岡卓行のところまで戻ってくることになった。ぶらっと近所に散歩に出かけたつもりが思わぬ遠出をしてしまい、すっかり見知らぬ土地に辿りついてしまい、これはもう徒歩では帰れないかと思いきや、不意に見慣れた風景が目に入ってきて、ああ、ここはあんなところにつながっていたのかと、予期せぬ拾い物をしたような、少し得したような気分で元の場所に帰り着いた、というような気分である。病気のために連休を家から一歩も出ずに過ごしていたはずが、その無聊《ぶりょう》を慰めるために手に取った本がきっかけとなって次々に別な本がつながっていくことで広大な〈知〉の世界を散策することとなり、ちょっとした旅行の後にも似た心地よい疲労と充実とを感じることになった。

四方田犬彦《よもたいぬひこ》『先生とわたし』（新潮文庫）をきっかけに再評価の機運が高まり、『椿説泰《ちんせつたい》西浪曼派文学談義《せいろまんはぶんがくだんぎ》』（平凡社ライブラリー）や『みみずく古本市』（ちくま文庫）など著書が復刊されている英文学者・由良君美《ゆらきみよし》——この人も林達夫の愛読者で、彼が没したとき『現代思想』誌にちょっと大仰なほどの追悼文を寄せている——は、「読書遍歴」というエッセイ（講談社学術文庫『言語文化のフロンティア』およびちくま文庫『みみずく偏書記』に所収）で、学者の読書について二つの型を示している。一方は、何か一つのテーマを決めたらそれ以外には目もくれず、目的（論文執筆など）に向かってひたすら関連文献を読破していくというタイプ。もう一方は、雑然と興味の赴くままに本を読み漁っているうちに、ふいにそこで得た雑多な知識が関連付けて見えてきて、そこで初めて考えを文章にでもまとめてみるか、ということになるタイプ。自ら「雑書主義者」をもって任じる由良はもちろん後者で、前者のような姿勢から生まれた成果にはほとんど見るべきものがないとさえ言っている。林達夫も後者の部類だろう。論文や大著というかたちで実績を積み重ねられる前者のほうが出世はするのだろうし、実際、林達夫も由良君美も主著というべき重厚な研究書は遂に書かない――あるいは知識が豊富すぎて「書けない」――まま、短いエッセイや書評ばかりを遺して死んでしまった。しかし〈知〉の楽しみということでいえば、〈知〉の散策者とでも呼ぶべき後者のほうが圧倒的にその楽しみを享受し、読書の快楽、知ることの快楽に存分に身を浸しているといえる。

ぼくも論文を書いたり、ゼミや学会で発表をしたりするときはやはり関連する研究書やら参考文献やらを図書館でかき集め、目的地に向かってまっしぐらに突き進むような読書をするわけだけれど、基本的には（林達夫や由良君美のような碩学にはとうてい及ばないけれども）興味の赴くまま本から本へと範囲を広げていって、雑多な知識が思わぬところで――今回の「ブライヤーのパイプ」のように――交錯するのを楽しむ部類の、気儘な散歩のような読書のほうが好きだ。実際に論文を書く段階になってからは前者の読書も有用ではあるけれど、その前にそもそも雑多な読書によるごちゃごちゃした知識の膨大な蓄積がなければ、なかなか論文の出発点となるアイディアさえ思い付かないものだ。

旅には二通りの行き方がある。同じ目的地に向かうにしても、一心不乱に最短距離を通り、途中の道程を単に「移動」としか見做《みな》さない行き方と、寄り道に寄り道を重ね、時には迷子になることさえ厭わず、その過程を楽しんでしまう「散歩」ないし「散策」に近い行き方。テレビに喩えると、前者が美味や絶景、温泉などを映すことに主眼を置いた普通の旅番組だとすれば、後者は旅の過程で起こる思わぬアクシデントを面白がる「水曜どうでしょう」のようなものになるだろうか。

本書もまた、後者の「散策」のほうの旅である。ぼくは病気がちなうえに方向音痴なもので現実の「散策」を楽しむのは難しいから、せめて書物から書物へと気ままな散策の旅をしてみたいのだ。

木漏れ日の哲学者 ――『喜ばしき知恵』

すべてのものは吾にむかひて
死ねといふ、
わが水無月のなどかくはうつくしき。

――伊東静雄「水中花」(『伊東静雄詩集』岩波文庫)

以前、なにかのサイトで「他の言語には訳せない各国独自のことば」をいくつか集めた英語の記事を読んだことがあった。フランス語のdépaysementなどと並んで、日本語からは「木漏れ日」という単語が紹介されていた。葉をつけた木の、その葉と葉の隙間から木陰に射しこむ僅かな陽光を一語であらわすことが、他の国語ではかなわないらしい。真偽のほどはわからないが、なんとなく心に残る挿話であった。

それで思い出したのだが、堀辰雄に「Ombra di Venezia」という小品がある。題はイタリア語で「ヴェネチアの日蔭」といふ意味だ。Ombraといふ単語を「影」でも「陰」でもなく、草かんむり付きの「蔭」と訳すと、どことなく葉影とその隙間をこぼれてくる木漏れ日が目に浮かんでくる。そんなヴェネチアの木漏れ日を浴びながら、ある人物が著述にとりかかる姿を、フランス語の伝記に拠りながら堀辰雄は鮮やかに描き出してゆく。

　彼はヴェネチアでは「あるバロック式の古い館の、大理石を敷きつめた大きな室の中に住んでゐた。そこから聖マルコ寺院までは、埃のない、日蔭の多い、もの静かな通りを、三十分位で散歩して来られた」。彼はその日蔭を愛するあまり、そのとき書きかけていた書物に『ヴェネチアの日蔭』(*Ombra di Venezia*)という表題を与えるつもりでいたのだという。「彼の生活は細心に規則的であつた。毎朝七時か八時頃から仕事にとりかかる。それから散歩と粗末な食事。二時過ぎになると、友人のペエタア・ガストがやつて来る」。この「ペエタア・ガスト」というのは、彼がむかし大学の教師をしていた頃の教え子で、作曲家志望の男である。彼をヴェネチアに呼んだのもガストなら、病身の彼の身の回りの世話や原稿の清書、口述筆記などを手伝うのも今となってはガストだけである。「そのガストが暫《しば》らく一緒にゐてから帰ると、又改めて七時半まで仕事をする。すると再びガストがやつて来て、夕食を共にする。ときには半熟の卵と水だけですましてしまふこともある。それから大概、一緒にガストの家に行つて、代る代るピアノを弾き合ふ」。こうなるとガストはショパンに心酔しているので、彼の曲ばかりを弾く。「彼」は文筆を生業としているが作曲の心得もあり、自分で作曲したものを弾くこともあるが、ガストに感化されたのだろう、すっかりショパンの虜《とりこ》になってしまったという。

ガストの名前でわかってしまった人も多かろうが、この「彼」というのはフリードリヒ・ニーチェ。あの「神は死んだ」のニーチェである。若くしてバーゼル大学の古典文献学教授となったニーチェが『悲劇の誕生』で非難を浴び、心身の健康を害したこともあって十年ほどで職を退いたことはよく知られている。その後のニーチェは教授時代の年金で暮らしながら、あちこちを旅して著作を残した。その最初の旅がこのヴェネチア滞在であり、そこで書かれたのが *Ombra di Venezia* 改め、現在『曙光《しょこう》』の名で知られている書物である。堀辰雄が依拠したのはギイ・ド・プウルタレスの『伊太利に在りし日のニイチェ』(*Nietzsche en Italie*) というフランス語の本で(『運命愛　イタリアでのニーチェ』の邦題で前田信輝訳が二〇一〇年に龍書房というところから出ている)、どれほどこの本に負うところが大きいのかはわかりかねるが、それにしてもあのニーチェが堀辰雄の手にかかると一気に『風立ちぬ』めいてくるというか、神の死を宣告する激越な思想家でなしに、ショパンを愛する繊細な病詩人といった趣きになってしまうのが面白い。しかしぼくたちが聞きかじりの知識から勝手なイメージを抱いているだけで、意外とニーチェの実像はこちらのほうに近かったのかも知れない。

堀辰雄は続けて「ショパンとニイチェ。――この二人の病人、この二人の純潔な情熱家、この二人のいたるところを漂泊する孤独者の間には、魂の血縁といふやうなものがありさうである。この二人の中で和音をして顫動してゐるものは、先づ、生きんとする劇的な悦びであらう」と書き、ニーチェの『この人を見よ』から次のような一節を引いてみせる。「由来、独逸人のごときものに音楽の何たるかが解せられようとは私は思ひも及ばぬ。独逸音楽家と称せられてゐるものは、ことにそのうちの最も偉大なるものは、外国人である。スラヴ人か、墺太利人か、伊太利人か、和蘭人か、——或は猶太人である。さもなくば、ハインリヒ・シュッツやバッハやヘンデルのごとき優秀なる種族、今日では既に亡びたる種族の独逸人である。私自身は、ショパンのためにならば他のあらゆる音楽を犠牲にしてもいいと思ふほど、自分が充分に波蘭土人であることを感じてゐる」。念のため補足しておけば墺太利はオーストリア、和蘭はオランダ、猶太はユダヤ、波蘭土はポーランドである（ニーチェは自分がポーランド貴族の血を引いていると信じていた）。こういう一節を書きつけることのできたニーチェの著作が、しばらくするとナチスの御用思想家として利用されてしまうのだから時代というのは怖いものだ。堀辰雄がこの文章を雑誌に発表したのは昭和十一年。そろそろアジアもヨーロッパもきな臭くなってきた御時世である。

閑話休題。ヴェネチアの木漏れ日を愛したニーチェは、そのものずばり「ヴェニス」という詩を残している。片山敏彦の訳で引用しよう。

褐色《かち》の夜《よる》の
橋の袂に　われは近頃佇みぬ。
そのとき　遠方《をちかた》より歌声聞こえ

こんじきの滴は
うちふるふ水のおもてを辷りて湧きぬ――
ゴンドラと　かずかずの灯《ひ》と　音楽と。
そは恍惚として　薄暗がりに消えゆきぬ……

わが魂も琴となりて
見えざる者にかなでられ
ひそやかに　舟唄を独りうたひて
綾の色うるはしきさいはひに顫へたり。
――その歌を　誰か聴きし者ありや？

独文学者で批評家としても知られる高橋英夫は『果樹園の蜜蜂』でこの訳詩を紹介して「ニーチェがどう感ずるか知れないが、私は読者・聴き手の特権で、メンデルスゾーンやショパンの舟歌をこれを読むと連想してしまう」と評している。ぼくはドイツ語ができないからニーチェの原詩の味わいを知るべくもないが、訳詩で「夜」や「灯」のような簡単な漢字にも敢えてルビが振られているあたり、少なくとも翻訳者の片山が最大限に詩の音楽性を尊重した翻訳を試みたことは確かだろう。古井由吉《ふるいよしきち》は大学のドイツ語教師時代、ニーチェの文章を教材に取り上げるとき、その原文の躍動感がどうしてもうまく日本語に移せないことにずいぶん苛立ったという。そしてその回想に続けてこう言うのだ。「私はニーチェなる存在を、まず文章の達人と受け取っていた。そしてこの文章における練達こそ、ニーチェの場合にはまさに思想の行為と見たのである。いわゆる思想史の内にニーチェの一章を設けるべきか、言い方が大胆になるようで困るのだが、私には疑問であった。しかし文章史の内ならば何章をさいても足らぬことであろうと思えた」（『古井由吉全エッセイI 日常の〝変身〟』作品社）。

詩にしても、散文にしても、ニーチェのドイツ語は驚くほど躍動感に満ちた、華麗なものなのだと聞く。ドイツ語を知らないぼくは邦訳や仏訳でニーチェの頁を繰るたび、その強烈な毒気にあてられて頭がクラクラしてしまうが、ひょっとすると本当はそうした内容の激しさは、ニーチェの文章の流麗さを前にしては取るに足らぬことなのかも知れない。たぶんニーチェは、ヴェネチアでペーター・ガストと代わる代わるにショパンを弾いていたのと同じ軽妙さをもって、繊細にして鮮やかな文章を綴っていったのではあるまいか。

ぼくは村井則夫による新訳で『喜ばしき知恵』を久々に読み返してみた。有名な「神の死」が宣告される激越なこの書で、しかしニーチェは詩、韻律、文学といったものの起源には音楽があるという観点から、こう書いている。「哲学者なるものが存在するはるか以前から、音楽が――しかもそこに働く律動《リズム》によって――情念を発散し、魂を純化し、『魂の狂乱』を和らげる力をもつことを人間は知っていた。魂の健全な緊張と調和が失われたときは、歌い手の拍子に合わせて、踊らねばならない――」。ニーチェが哲学者であるかどうか、ぼくは知らない。けれど、きっと彼の文章もまたそれ自体が舞踏のような華麗なものであろうと思うのである。ニーチェは続ける。「韻律を使えば、すべてを成し遂げることができたのだ。魔法のように仕事を捗《はかど》らせ、神を強制し、出現させ、守護させ、言いつけを聞かせるといったこと。未来を自分の意のままに整えること、自分の魂を何らかの過剰（不安、狂気、同情、復讐欲など）から解放すること、しかも自分の魂だけでなく、最も邪悪な悪鬼の魂さえも解放すること――こうしたすべてのことを韻律が可能にした。詩歌がなければ人間は無であった。詩歌によって人間は、神と肩を並べるほどになったのだ」。なんだか古今和歌集の仮名序のようになってきた。けれどこの本からは、「神の死」を説くニーチェのみならず、愛するヴェネチアの景物を詩に詠《うた》い、夜ごとピアノに向かってショパンを奏でたニーチェの、それこそ木漏れ日のようにやさしい音楽を聴きとることができるように、ぼくは思うのである。

終る世界のエクリチュール ――『渡辺一夫敗戦日記』

教育実習の最終日、受け持ちクラスだった一年二組では『土佐日記』の授業がきりのいいところで終わったので、担任の先生の粋な計らいで最後の一コマは生徒たちから自由に質問を受け付ける時間になった。最初のうちはいちおう真面目な顔で進路のことや勉強のことなど質問していた生徒たちも、先生が何かの用事で席を外したのを見計らって「彼女はいるんですか」とか「同期実習生の××先生と○○先生だとどっちが美人だと思いますか」とか（ぼく以外の実習生は女子ばかりだった）、羽目を外した質問も飛び出すようになった。そうした質問を苦笑いしながら適当に受け流しているうち、こんな声が上がった。

「今日で世界が終わるとしたら、吉田先生はどうしますか？」

背筋がぞくっとした。不意打ちだった。いまは二〇一一年の十月、ここは福島県立福島高校。ぼくが通っていた校舎は半分が震災の影響で立ち入り禁止になり、この教室があるのは夏休み中に急造されたプレハブの仮校舎である。クラスによっては、授業で生徒を当てるため名簿を繰るとあちこちに空白があり、やがてそれが原発事故の影響を考えて避難した生徒たちがいたことを示すことを知った。学校は内陸部の福島市にあるから沿岸部の高校のように犠牲者が出るようなことはなかったものの、目の前にずらりと並ぶ四十人弱の生徒たちはみな十五歳の春休みに、あの3・11を経験した少年少女たちであった。そのことに思いを致したとき、この一見すれば何ということはないありがちな質問に、ぼくはとても答えられなくなった。彼らは、つい半年ほど前、実際に「世界の終わり」を生きてきたのだから。

あのとき、ぼくは東京にいた。アパートの暗い部屋で一人、ばらばらになった家族ひとりひとりの身を案じながら、小さなスタンドの明かりで本を読んでいた。同じような苦しい時代、「世界の終わり」を生きた先達の生の声が聞きたくて——と言ったら恰好をつけすぎか、もっと情けない、すがるような気持ちで、さまざまな知識人がその戦争体験を書いたエッセイや自伝、日記のたぐいを掻き集め、毛布にくるまって、目の前の現実から目を背けたいというその一心だけで来る日も来る日もページを繰っていた。

英文学者・福原麟太郎《ふくはらりんたろう》のエッセイ集『命なりけり』（講談社文芸文庫）に収められた「椰子林の中の学生たち」は戦争に翻弄《ほんろう》された教え子たちの姿をやさしい、深く悲しみを湛《たた》えた眼で見つめている。戦死、戦病死、自殺、さまざまなかたちで命を落としていった学生たちをただじっと見つめている。まだ「無事に卒業できるかも知れないという、空頼みもしていた」昭和十七年、召集令状を受け取ってすぐ日暮里の駅で自殺した杉崎という学生の思い出話は殊に印象的だった。たまたま出来が良かったため保管していた彼の単位論文（今でいうレポートのようなものか）を戦中戦後も大事にとっておき、自分の還暦記念論文集が出るとき「そっとその中へ入れて貰った」という福原の優しさは、教師が先に逝った教え子に手向けうる最大限のものを示して、読む者の胸を締め付ける。実際にぼくはこの『福原麟太郎先生還暦記念論文集　近代の英文学』（研究社出版）という本を持っているが、確かに福原の記述通り、トマス・グレイの詩「墓畔の哀歌」の「あらゆる単語を辞書で引いて、それがイギリスの土語か、ラテン系の外来語であるかを調べ、各行におけるその割合をグラフにして示し、それを材料に哀歌の特質を説明した」、杉崎幸一郎「ELEGY WRITTEN IN A COUNTRY CHURCHYARD」という論文が掲載されている。「読者は聞いたことのない学者だと思ったに相違ない。私が手向けた香華である」という素気ない福原の一文が、却ってその深い悲しみを伝えるようでもある。

あるいはまた、『西田幾多郎随筆集』（岩波文庫）の日記抄や書簡抄。昭和十年の時点ですでに、右傾化していく時勢に巻き込まれ「教学刷新委員」に選ばれた西田は、時流と体制におもねって日本精神やら何やらを振り回す同僚たちを「これらの人が学者顔するのもオコガマシイ」「肩を列するのは不愉快に思っています」と痛罵する書簡を残している。いよいよ戦争という頃になると、学習院や京大での教え子だった近衛文麿首相や木戸幸一内大臣に対して、まさに先生が学生を叱《しか》るように遠慮仮借のない批判の文面が並ぶ。昭和二十年の日記では政治家や軍人に「国民を欺くもの甚し」と憤激し、右派のイデオローグと化していた徳富蘇峰の「日清日露と違って今度の戦争には日本国民が氣魄《きはく》ない」という言葉を引いて「国民が徳富の如き指導者より頭が進んでいるのだ」と苦々しい皮肉を吐いてみせる。西田は敗戦を迎えぬうちに急逝するが、その通夜の場面から書き起こされる哲学者たちの群像劇は竹田篤司『物語「京都学派」』（中公文庫）に詳しい。

その頃、傷病兵として送還された軍の病院で巻紙に『戦中手記』（思潮社）を綴っていた荒地派の詩人・鮎川信夫は兵営生活を振り返り、「顔色蒼白にして態度厳正を欠く。音声低く語尾曖昧。総体的に柔弱の風あり」と書類に書かれてしまった彼は「一番手数がかからず認められる」ために「殴られる時は率先して殴られること」を実行する。その絶望的なまでに透徹しきった眼は「兵士」を通して「日本人」のグロテスクな様態をまざまざと描き出している。詩人は戦争の本質を「明らかに兵士は戦争の何たるかを解してゐない。彼等はそんな戦争の目的などといふものは少しも解してゐないし、又解しようなどと決して思はないだらう」と見抜き、「被占領地下の婦女子を凌辱《りょうじょく》し、強制徴発を行ふ人間、その同じ人間が、万才を三唱し、みづからの犠牲的精神に満足しつつ戦死することを少しもおそれぬ忠勇なる兵士なのである」と冷たく書き記す。

『戦中派不戦日記』（講談社文庫）の山田風太郎は係累を失い、働きながら苦学してようやく徴兵を逃れうる医学部に入学する。そこで彼は医学講義と激しさを増す空襲との合間に、まるで飢餓を紛らわすかのように、外国小説の翻訳を中心に、尋常でない量の読書を続ける。この日記を綴る山田風太郎は冷静な観察眼を保ちつつも、三月十日の東京大空襲を受けて敵への憎悪を剝き出しにする若者でもある。「この血と涙を凍りつかせて、きゃつらを一人でも多く殺す研究をしよう」とか「一人は三人を殺そう。二人は七人殺そう。三人は十三人殺そう」とかいったつぶやきが、どうしてもつい漏れてしまう。それでも彼の観察眼はそうやすやすと曇ってばかりもいない。八月九日、ソ連の宣戦布告を受けた人々の様子が不思議なリアリティをもって描写される。「予期せぬことではなかったこと。どんな激情的な事実にも馴れっこになっていること。疲れはてていること。――そのためか、みなほとんど動揺しないようだ。『とうとう、やりやがったなあ』と鈍い微笑の顔を見合せるだけである。例の『運命を笑う』笑いにちょっと似ている」。

同じ八月九日を、『中井英夫戦中日記　彼方より〈完全版〉』（河出書房新社）も捉えている。「日ソ開戦。／はじめきいたのは、一看護婦の口からだつた。みんな妙に――明日朝刊で報道されるやうに――『来るべきものがきた』といふ顔だつた。『これやで――』両手をあげてみせ乍《なが》ら関西弁のきれいな一等兵が入つてき、みんなわらつた。／かうして、日本は確実に滅びの門をくぐつた」。旧制府立高等学校（のちの東京都立大学）から学徒出陣で中井英夫は幸運にも市ヶ谷の陸軍参謀本部という戦争の中枢に配属されたため、いわゆる兵隊生活も命がけの戦闘も経験せずに済んだ。植物学者として枢要な地位にあった父親・中井《なかい》猛之進《たけのしん》のお陰もあったのだろう。青年・中井英夫は、三笠宮など軍人皇族も勤務するこの戦争遂行の総本山にあって愚かな戦争を呪い、軍人を嫌悪し、日本人を憎み、敗戦を願い、戦争賛美の詩をくそみそにけなし、最愛の母の死をひたすらに嘆く日記を書き続けた。同じころ旧制浦和高校から勤労奉仕に駆り出されていた仏文学者の出《で》口《ぐち》裕弘《ゆうこう》は、戦争末期の軍中枢に出現した奇妙な「無風地帯のような静寂」の中でこのような精神を保ち、徹底した戦争への呪詛《じゅそ》と軍人への嫌悪を日記に書き続けた中井英夫の特殊性にふれて書いている。「私は単に彼が、市ケ谷の参謀本部という理解しにくい職場にあったから特殊と呼ぶのではない。もし現場の殺人集団のなかに放りこまれたとしたら、敵にではなく、味方の手で殺されるほかなかった青年がそこにいるという意味で特殊なのである」（『楕円の眼』潮出版社）。彼の徹底した「非国民」ぶりを自身の戦争体験、そしてこの日記の公刊当時まだ記憶に新しかったオイルショックの経験と引き比べ、出口は半ば感嘆し半ば呆れつつ「いつになっても、『非国民』として一貫することは命がけの事業であるようだ」と評した。ちなみに中井の日記は終戦の四日前、八月十一日で途絶えている。彼は腸チフスで昏睡《こんすい》し、八月十五日を知らぬまま九月になってようやく意識を回復したのだった。

この日本の敗戦をもって終結する第二次世界大戦の開戦に、ヨーロッパで接したのが批評家の中村光夫だった。そのあたりの経緯をほぼリアルタイムで綴ったのが彼のパリ留学記『戦争まで』（中公文庫）で、どうでもいいことだが、ぼくの手許にあるこの本の扉には中村光夫その人の手になるらしいボールペンの字で献辞と署名が書かれている。中村真一郎が「ファンタスチックな悪筆」（『私の履歴書』ふらんす堂）と評した彼の字を、それでもなんとか解読してみると「恵存　××君　Oct. 1982　光夫」と読める。

第二次大戦の勃発《ぼっぱつ》で留学を一年ほどで切り上げねばならなかったその後の経緯は、後年になってから東京新聞に連載された自伝『憂しと見し世』（中公文庫）で読める。同じ自伝でも留学前の文学修業時代を書いた『今はむかし』（中公文庫）とは打って変わって、こちらは戦争で少しずつ息苦しくなっていく日本の姿が、年月を経たためか、あるいはこの書き手の特性ゆえか、淡々とした、しかしそれだけに凄みのある筆致で綴られている。外務省の嘱託職員を経て筑摩書房の立ち上げに参加し、同時に「文學界」などで新進評論家としての地歩を固めていく歩みや自身の結婚、それに小林秀雄、吉田健一といった文士たちとの交友を描くかたわら、文明批評家としての鋭いまなざしが時折、顔をのぞかせる。

自由主義は、マルクス主義と違って、本来あいまいにしか定義できないものです。したがって、そのレッテルは誰にも簡単に貼れるので、それが罪悪とされるようになったのは、一部の御用思想家以外は誰でも、当局の意のままに犯罪者として拘引《こういん》できるということです。

よく会議の席上などで一番馬鹿な意見が、誰も反対できない事情があるために通ってしまうことがありますが、当時の社会に横行したさまざまの「理念」はこれを大規模にしたものでした。

むろん戦時中であれば、物質的、精神的な不便、不自由を我慢するのが、当然かもしれませんが、当時の軍人たちのやりかたは、戦争をまず勝手に起しておいて、これを口実にして政権を壟断《ろうだん》し、国内を統制し、支配しようとするので、そのために平和の到来を何より恐れて、戦争を神聖化し、永久化しようとする傾きさえそこから生れました。

昭和二十年、戦争がもたらしたひょんな機会から中村光夫は碩学・呉茂一《くれしげいち》からギリシャ語を習うことになるが、中村よりもう少し下の世代に当たる加藤周一は東大医学部を卒業して医師として勤務する傍ら、文学部でラテン語の講読に出席し、満員電車で暇つぶしにその品詞の活用をもごもごと暗誦《あんしょう》していた。加藤の自叙伝『羊の歌』（岩波新書）によれば、戦時下にあってなお英国留学中に仕立てた背広姿で講義を続けたラテン語の神田教授は一九四四年六月、連合軍によるノルマンディ上陸の日、ウェルギリウスの講読を終えて帰り支度をしながら「さあ、これで、敵も味方も大変だ」と言ったあと、こう付け足したという。「敵というのは、もちろん、ドイツのことですよ」

戦後すぐに発表されて評判を呼んだ福永武彦・中村真一郎との共著『１９４６・文學的考察』（冨山房百科文庫）にも加藤の筆になる「一九四五年のウェルギリウス」という文章

が収められており、それによると、山田風太郎が殺気立って敵を殺せと日記に綴ったのと同じ東京大空襲のもとで、彼は燃えさかる東京の街と逃げまどう人々を眺めながらウェルギリウス「アェネーイス」のトロイ落城のくだりをラテン語で思い出していたという。なんだか出来過ぎたエピソードだが、この文章にはさらにオチまでつけられていて、終戦直後、K軍港（恐らくは原爆被害調査団の一員として向かった広島の呉を指すと思われる）で「M大佐」と交わしたというこんな会話が最後に添えられている。


——君は爆撃の間、東京にゐたのか、と大佐は私を顧みて云つた。

——さうです、東京にゐた。

——B29が頭上にゐた時に君は何をして暮してゐたのか。

——ヴァージルを読んでゐた、トゥロイ落城の條《くだ》りを、と私は答へた。（中略）我が意を得たと云ふやうに、大佐は卓抜な機智を以《もつ》て言下に応じた。

——地獄を案内する者はヴァージルだ、と

それまでずっとウェルギリウスと表記していたのがここだけ「ヴァージル」と英語読みになっているのをみると、この軍人はアメリカ人とおぼしい。加藤にしてみればわざわざそう断らなくとも、ウェルギリウスの話をされて即座にダンテの『神曲』を踏まえた返答のできる機知をもった「大佐」が日本の軍人であるわけがない、というのは自明のことだったのだろう。

その加藤周一が「戦争中の日本国に天から降ってきたような」と形容した当時の東大仏文科助教授・渡辺一夫にも、官憲の眼をおそれてフランス語で書かれた『渡辺一夫敗戦日記』（博文館新社）がある。先に出てきた中村光夫『憂しと見し世』に、開戦直前ごろ渡辺に「何かいいニュースはありませんか」などとうっかり聞くと、「いいことなんかあるもんですか。この頃は何か嫌なことを聞かない日は、いい日だったと思っています」と苦り切った調子で返したというぐらいの人だから、当然その『敗戦日記』も陰鬱な色彩に満ちている。東京大空襲の五日後、苦心して翻訳したフランス・ルネサンス期の大作家ラブレーの『パンタグリュエル物語』の印刷所がすべて焼けてしまったという虚脱感の中で、渡辺一夫は憎々しげに、ここだけは日本語で書いている。「日本は何も慾しない、恐ろしく無慾である。立派な世界人を産む国民となることすら放棄してゐる。滅び去ること。これが唯一の希望であり念願らしい」。また戦争もいよいよ大詰めとなった七月十一日にはこうも書く。「自殺を考える。今まで日本人を買いかぶっていたが、ふとそれが、追いつめられ破れかぶれになった、醜怪な獣のように思える。人間らしさの片鱗《へんりん》すら持つことを許されていないのだ。軍部の考えを是認する知識人さえいる。彼らの古臭いイデオロギーが、祖国の滅亡を招こうとしている」。……これは流石に日本語で書くわけにはいかなかったのだろう、原文がフランス語で書かれていることは口絵の写真版を見るとわかる。フランス語による最後の記述は終戦直後、八月十八日の次の一文である。「Joie d'écrire quelque chose d'intime dans ma langue maternelle. Je commence.」（母国語で、思ったことを何か書く歓び。始めよう。）

最後の『渡辺一夫敗戦日記』だけは、実は震災のときに読んだものではない。二〇一五年の七月十五日、安保関連法案の強行採決の様子を見届けてから用事を済ませに大学へ行き、その帰りに古本屋で買ってきたものだ。ところがこの本は「敗戦日記」だけでなく、他にも関連するエッセイをいくつか収めていた。そしてそのうちの一篇「二十年後のめぐり会い」は震災直後に別の文庫本（渡辺一夫『白日夢』講談社文芸文庫）で読んだことをはっきりと覚えている、恐らくこれまで紹介してきたどの本よりも忘れがたい文章だった。その震災直後の読書体験について最後に書いてみよう。

エッセイの筋はごく他愛ないものだ。戦争末期、貴重な研究文献を空襲による焼失から救うため、東京から松本へ「疎開」させた書物のうち戦後の混乱に紛れて返ってこなかったうちの何冊かが、一九六一年になってたまたま発見され、手許に戻ってきたというだけの話である。ただ、その文章のあとに註釈として、一九七〇年になってからもう一冊『La Poésie priapique』という「あまり『厳峻な』書物ではない」ものが返ってきた、という一文が付されている。ぼくはこのpriapiqueという単語の意味がわからなかった。

この単語一つの意味を知らなくともこのエッセイを読むうえでは大した差し障りはない

し、読み飛ばしてしまってもいいような箇所なのだが、気が付くと、ぼくは毛布にくるまって「これからどうなるんだろう」と半分べそをかきながらうずくまっていた寝床を離れ、その一瞬だけは肌寒さも現実の不安も忘れて、重たいフランス語の辞書を手にとって「P」の頁を黙々とめくっていた。そしてふと我に返って愕然《がくぜん》としたのだ。むかし受験英語で習ったfind oneself doing「自分が（いつのまにか）〜していることに気付く」という表現そのままに、明日をも知れぬ家族と故郷の運命に不安のどん底で震えていたはずの「自分が（いつのまにか）フランス語の辞書を引いていることに気付」いたわけである。

いま現実に起こっているカタストロフィに対して何の役にも立たず、恐らくは文章を読むうえでもさほど重要でないようなたった一つのフランス語の単語。にもかかわらずその一語に遭遇したとき、自分は利害も不安もすべて忘れて、ほとんど無意識のうちに寝床を這い出してまで辞書を引いてしまうような人間であるということを、このとき心の底から思い知らされた。大袈裟に言えば、ぼくはそういう「業」を背負って生まれてきたのだと。

……このとき、将来がどうなるかまったく「一寸先は闇」の状態にありながらぼくは勝手に、自分はこういう星のもとに生まれたのだと決めつけて、家族のことも、震災のため未定になっていた教育実習のことも忘れ、とにかくやれるところまで学問というやつにかじりついてみようと、周りからしてみればずいぶんハタ迷惑な決断を下したのだった。そして約半年後、秋になってようやく実習生として教壇に立ったときぼくは既に、大学院仏文科の合格通知を受け取っていたのである。

ここにきてようやくぼくは冒頭の一生徒から受けた質問、「今日で世界が終わるとしたら、吉田先生はどうしますか？」に答えることができる。

「いつもと変わらないね。たぶん辞書を引きながら、本を読んでいると思う。ぼくは業が深いんだ。ひょっとしたら、その瞬間は世界の終わりだということさえも忘れているかも知れない――」

と、カッコつけてみたのはいいが、この話には付け足しておかねばならないことがある。ぼくをして「世界の終わり」だの「自分の背負った業」だのと歯の浮くような台詞を言わしめたこのpriapiqueという単語は、そのとき引いた辞書によると「（男根が）勃起した」という意味の形容詞なのだった。だから渡辺一夫は「あまり『厳峻な』書物ではない」と付け加えていたわけである。この単語がギリシャ神話の豊饒《ほうじょう》の神プリアポスに由来するとか、ここから派生したpriapisme「持続勃起症」という単語を詩人ステファヌ・マラルメが友人に宛てた若い頃の性的放蕩についての書簡中に用いているとか、そんな衒学をやってみたところで始まらない。これでは辞書で卑猥《ひわい》な単語を見付けてはしゃいでいる思春期の少年と大差ないではないか。まったく、お恥ずかしい限りである。

なお、本章で取り上げた「戦時下」にまつわる書物はほんのわずかに過ぎない。その時代を生きた人の数だけ「戦時下」もまた存在するわけだが、そのすべてを網羅することはぼくの手に余る。もしこれで興味をもたれた方がおられたら、『火垂るの墓』の作者が有名どころの戦中日記を引きながら自身の戦争体験についても語った野坂昭如《のさかあきゆき》『「終戦日記」を読む』（朝日文庫）をブックガイドも兼ねた入口としておすすめしておく。今まさに始まろうとしている、きな臭い「戦前」の時代を生き抜くための〝旅の道連れ〟になる書物を見付けていただければ幸いである。

ある自伝の余白に ――『闇屋になりそこねた哲学者』

哲学書を文学書のように、文学書を哲学書のように読みたいと思っているうちにどっちつかずの不安定な立場に陥ってしまった、と書けば自分もまた、けものと鳥と両方にいい顔をした末にどちらからも見限られてしまったあの寓話のコウモリと同族であったかと苦笑するほかないのだけれど、そのころはまだ可憐にも哲学への志――といって高級すぎるなら、色気――を捨てていなかったのだろう。おぼつかないフランス語で短い論文など読みかじる一方で、フランス現代思想をやるにはやはりどうしてもハイデガーを（高校時代に挫折したあのハイデガーを！）押さえておかねばなるまいと、新書版の『ハイデガーの思想』や文庫に入った『ハイデガー』『ハイデガー『存在と時間』の構築』といった木田元《きだげん》の著作をひと夏かけて読み漁ってみたら、同じ著者が同じ題材で書いているのだから仕方ないがどれも同じような論旨で、二冊目、三冊目と進むごとに復習じみてきた。それでもハイデガー論ならまだ復習する意味もあろうが、もう少し軽い本、そのころ精力的に刊行されていた同じ木田元のエッセイ類は何冊も読んでいると同じ思い出話ばかり何度も出てくるので少し飽きてくる。海軍兵学校の学生として終戦を迎え、満州に抑留された父に代わって病身の母親と兄弟の生活をひとりで支えるべく、闇屋《やみや》としてときにヤクザまがい、詐欺まがいの仕事にも手を染めながら文学書を濫読、やがて闇の仕事でもうけた金を元手に鶴岡の農林専門学校（いまの山形大学農学部）を経て東北大哲学科に進んでハイデガーを読むに至る「木田元物語」は活劇調で痛快ではあるけれども、何度も同じような文章を読めばさすがに食傷するというものだ。宮台真司のナンパ自慢や宮崎哲弥の不良自慢、あるいは四方田犬彦の『ハイスクール1968』ほどではないにしろ、この種の「俺も昔はワルかった」式の武勇伝にはどこか抵抗を感じてしまう。同じ哲学科でも東大をドロップアウトして、進駐軍の下働きやストリップ劇場の助手を振り出しについにはテキヤとして全国をめぐり、本物のヤクザの末端に連なってしまう田中小実昌のほうが、恥じらいをこめて淡々と語るぶん、かえって凄味がある。

のっけから斜に構えた感想になってしまったけれど、そうはいいつつ、ぼくは今でも手持ちぶさたになると木田元の自伝もののうち『闇屋になりそこねた哲学者』を、それこそ何度目どころではない、何十度目だか何百度目だかわからないが、とにかくやたらに読み返している。それはべつに武勇伝を読みたいからでもなければ、四年間でドイツ語・ギリシャ語・ラテン語・フランス語を習得した学習法をまねるつもりでもなく、回想のなかに生き生きとした姿で登場する東北大周辺の哲学者たちの群像に惹かれるからだ。天才的な語学力をもちながらまとまった著書を残さなかった『学問の曲り角』の河野与一《こうのよいち》、ドイツ語をとても正確に読むが日本語はひどいズーズー弁だった高橋里美《たかはしさとみ》（のちに東北大学長）、その愛弟子で木田元を可愛がってくれた『人間存在論』の三宅剛一《みやけごういち》、逆にとことんウマが合わなかった『中世個体論研究』の真方敬道《まがたのりみち》（ベルクソン『創造的進化』の訳者）、エッセイ風の文章で問題の核心に切り込む独自な論文の書き手だった斎藤忍随《さいとうにんずい》、とても頭が切れるがひどい皮肉屋でたくさんの同僚を泣かせた『哲学の作文』の細谷貞雄《ほそやさだお》（ハイデガー『存在と時間』『ニーチェ』の訳者）、近所のおやじさんやおかみさんまで店を閉めて教室につめかけたというほど講義がおもしろかった『哲学初歩』の斎藤信治《さいとうしんじ》など、それぞれに魅力的で、ぼくは『闇屋になりそこねた哲学者』の文庫本をいわばガイド役にして、図書館や古本屋をめぐって彼らの著書や訳書を読むことになった。日本の哲学というとまず京大が挙がり、そちらには京都学派最後の生き残りだった下村寅太郎の愛弟子・竹田篤司の『物語「京都学派」』という好著があるけれど、そうした本を読んでみると実は京都学派と東北大哲学科とのあいだにはかなり密な人材の交流があったことがうかがえる。ぼくにとって木田元の自伝はその武勇伝よりも、一種の「京都学派外史」とも呼ぶべき側面のゆえに愛読書たりえているのである。

その『闇屋になりそこねた哲学者』に、京都学派とは関係ないが印象ぶかい人物として若くして助教授をつとめていた松本彦良《まつもとひこよし》という哲学者が出てくる。松本は戦後間もなくアメリカの大学に留学していた「とてもスマートでかっこうのよい人」で、留学中に習得したらしいフランス語でサルトルの読書会などを主宰していたが、いつもどこかに孤独の影がつきまとう、こういってはなんだけれど、ちょっと幸の薄い感じの人だったようだ。

「松本さんはぼくの面倒はよくみてくれたのですが、対人関係では構えてしまって、あまり人とうちとけないようなところがありました。寂しがり屋だったけれど、自分からは人に働きかけることができなかったのです。ところが、ぼくは家が近いせいもあって、そんなことは気にせずに訪ねてゆくものですから、松本さんもだんだん気が楽になってきて、時どきは『散歩しないか』とぼくの下宿に誘いにきたりするようになり、広瀬川のほとりをいっしょに散歩したりしました。突然脳腫瘍が破裂して、三十九歳という若さで亡くなりました。気の毒な人でした」

彼のこうした姿の背景には、同じく東北大の教授だった父親にふりかかった不幸な事件のために「心に深い傷を残していた」事情があると木田元は書いている。

お父さんの松本彦七郎さんは東北大学の古生物学の先生でしたが、松島湾あたりで出てきた人骨を二百五十万年前くらいのものだと発表して、大学を辞めたそうです。その頃はまだ人類の発生は五十万年前だというのが通説でしたから、頭がおかしいのではないかといわれて、当時鳩山文相のもとでできた文官身分令というのが適用されて辞めさせられたのです。

この文官身分令というのは、大学教授を辞めさせることのできる法律らしく、適用第二号が滝川事件（一九三三年）の京大の滝川幸辰《たきかわゆきとき》教授です。その第一号が松本彦七郎さんだったと聞きました。（中略）いつかぼくに、そのことをしみじみと話してくれたことがありました。

戦前の学問弾圧事件として有名な滝川事件に対して、ここで木田元は松本彦七郎の一件をやや軽いタッチで書いているけれど、あれこれ調べてみると実情はもっと複雑なものであったらしい。生物学者として出発した松本彦七郎は東北大在職中、日本の旧石器時代や縄文土器などを人類学的な見地から研究して先駆的な論文を発表していたのだが、それが問題視されたのは単に通説に反するからというのではなく、神話を正統な古代史として教える当時の「皇国史観」に抵触するからという側面のほうが強かった。そこに学内の権力争いなども絡んだため滝川事件のように表立って思想弾圧というかたちをとらず、一種の精神病による妄想の所産と見做されて「文官分限令」——木田の「文官身分令」というのは記憶違いらしい——によって休職となり、のちに退職にまで追い込まれたというのが実情に近いようだ。彼を「頭がおかしい」と診断した医学部のMという教授も医史学の論文によるといろいろと問題を含んだ人物だったようで、戦後ある殺人事件の容疑者をずさんな精神鑑定により真犯人と断定したのだが、のちにそれが冤罪《えんざい》であることがわかったという失態を起こしてもいる。このあたりの詳細な事情については彦七郎の三男である松本子良という人（つまり松本彦良の弟にあたる）が父親の名誉回復のためにまとめた『理性と狂気の狭間で』という私家版の本がある。
ぼくが最近になってこの松本彦七郎・彦良という不幸な学者父子のことを多少なりとも知る発端となったのは、戦中から戦後にかけて存在した「大学院特別研究生」という制度についてごく個人的な興味から——変な趣味だが、ぼくは教育制度の歴史について調べるのが大好きなのである——いくつかの論文を読んだことだった。この制度についても『闇屋になりそこねた哲学者』に記述がある。

特別研究生というのは助手の代わりをさせるために戦争中に文部省がつくった制度で、助手の月給十二カ月分にボーナスを足した額を十二等分した額の奨学金を毎月くれます。当時としてはべらぼうな額です。前期三年、後期二年の五年間、いようと思えばいられます。当然、狭き門で、東北大学文学部の場合、学部全体でその枠は前期五人、後期二人でした。教授会で各学科の先生が弟子のために奮闘して獲得してきてくれるのです。

戦後になってこの制度の恩恵を受けた木田元の「助手の代わりをさせるため」といういささか楽観的な認識とは異なって、この制度の実情はもう少し残酷なものだった。昭和十八年（一九四三年）、戦争後期にできたこの特別研究生制度は、身も蓋もない言い方をしてしまえば、戦争の役に立つ研究をしている一部の優秀な学生に限って徴兵を免除し、生活を保証するという意味合いをもっていた。対象となるのは東京・京都・東北・九州・北海道・名古屋・大阪の七つの帝国大学と、東京工大・東京商大（のちの一橋大学）・東京文理大（東京教育大を経て筑波大学）の学生のみ。その後、猛烈に反発した私立大学の側から早稲田と慶應も加えられるが、当時ほかに京城（ソウル）と台北にあった二つの帝国大学は除外された。審議の席では、植民地の人間（つまり朝鮮人や台湾人）を制度の対象にするわけにはいかないという差別的な意見がまかり通ったのだという。

そして戦争となれば圧倒的に理科系が優遇される。制度ができて二年目の昭和十九年（一九四四年）以降は戦況の悪化もあって、文系の研究者は対象から外された。木田元のように文系がふたたび特別研究生制度の恩恵を受けることになるのは戦後になってからである。

この特別研究生制度について取り上げた数少ない研究書、吉葉恭行《よしばやすゆき》『戦時下の帝国大学における研究体制の形成過程』（東北大学出版会）が東北大の事例を扱っていた。そこに収載された当時の資料のなかに、昭和十八年に文系から採用された数少ない特別研究生のひとりとして「松本彦良」の名前があったのである。題目は「近世科学思想史トソノ哲学的反省」、指導教官はヘーゲル研究者の小山鞆繪《おやまともえ》。選考のため提出された研究事項解説書には「西洋近代精神ノ哲学的批判ヲ通ジテ、日本固有ノ民族性格ノ下ニ於ケル独自ナル日本的科学方法ノ樹立ニ資セントスル」とか、「英、米、仏ノ進化論的実証主義、又ハユダヤ的色彩ノ濃厚ナル機械論的唯物論等」は「不健全ナル歴史的事象」だから「カカル敵性思想ニ根本的批判ヲ加ヘ」ねばならないとか、ずいぶん物騒なことが書き連ねてある。いつの時代も研究予算や研究職のポストを獲得するためには、多かれ少なかれ時流におもねった文面で書類を書かねばならない。まして戦時下、文系の大学院生などいつ兵隊に取られてもおかしくない。他の文系採用者のなかにはもっと露骨な「戦力昂揚ノ心理学的方法」とか「日本語ヲ大東亜ノ国際語タラシメントスル試ミトソノ理論」とかいった題目を掲げているものもある。松本彦良もまた命をつなぐため、心ならずもこの種の「時局的文章」を書いたのだろう。哲学科から特別研究生への採用を勝ち取るためには、理系優遇の時代に合わせて研究題目を科学哲学に変え、民族主義と排外主義に掉さした研究計画を書かねばならなかったわけである。しかも彼の場合は父親が、ともすれば「皇国史観」に反するともとられかねない研究で大学を逐《お》われた経緯がある。そうした前歴をもつ学者の子息である以上、少しでも文句のつきそうなことを書けば身の危険に晒されないとも限らない。彼がどんな心理的重圧のもとでこの書類を作成したか、想像するだに胸が痛む。

　木田元という戦争に翻弄された哲学者の自伝、その余白にぼくは、ある意味で彼よりもはるかに陰惨なかたちで「大日本帝国」に翻弄された松本彦七郎・彦良という学者父子のことを書き加えておきたかったのだ。いつかまた、この父子のような悲劇に見舞われる学問の徒が出てこないとも限らないから——。

美とは虚無のまたの名 ――『定家百首』

大学そばの古書店街を巡っていて、古びた岩波文庫の棚に佐佐木信綱《ささきのぶつな》校訂『藤原定家歌集』(一九三一年初版)を見かけた。三百円という値段を見るか見ないか、ほとんど反射的にこの本をレジに持っていっている自分に気が付いた。新古今時代を代表する歌人・藤原定家の家集『拾遺愚草《しゅういぐそう》』には後年に出たさらに詳細な校註を加えた版が存在するわけだけれど(久保田淳校訂・訳『藤原定家全歌集』上下巻、ちくま学芸文庫)、ぼくがよりにもよってこの古い文庫本をかれこれ三、四年ほど探しまわってきたのは、塚本邦雄『定家百首　良夜爛漫』(河出文庫、現在は講談社文芸文庫)がこの文庫本を敢えて底本として採用していることを知ってからだった。令息・塚本青史《つかもとせいし》氏による評伝『わが父　塚本邦雄』(白水社)などによると記憶力抜群の塚本が暗記するほどに読み込んでいたという旧版『国歌大観』。そこにも収録されていない歌がこの文庫本に二十数首ほど含まれているというのが底本に採用された理由だと『定家百首』冒頭に置かれた「藤原定家論」に記されている。

今でこそ歌人ということになってはいるものの国文科の学生でもなく、ことさら古典和歌に関心が強かったわけでもなければ、まだ新人賞を受ける以前、歌人とすら呼ばれることのないただの大学院生だった当時のぼくがこの定家論を手に取ったのは、果たしていかなる理由によるものであったか、今となってはもう思い出せない。強いて言えば、塚本邦雄の著作が文庫に入っているということ自体がそのころはまだ珍しく、豪華本より文庫本のほうが好きな性分から、内容にはさしたる関心もないまま、手ごろな値段で古書店の棚に並んでいたのを買い取ってきたのだろう。

それがいつの間にか定家をはじめとする新古今歌人に関心を寄せるようになり、同じ塚本邦雄の『雪月花　絶唱交響』（読売新聞社、のち講談社文芸文庫『定家百首』に一部収録）や『藤原俊成・藤原良経』（筑摩書房）、『清唱千首』（冨山房百科文庫）などの評釈本や古典和歌アンソロジーを手始めに、安東次男『藤原定家　拾遺愚草抄出義解』（講談社学術文庫）や久保田淳『藤原定家』（ちくま学芸文庫）といったモノグラフ、それに堀田善衛『定家明月記私抄』正続（ちくま学芸文庫）のような伝記的著作と、あれこれ定家周辺に関連する書籍を渉猟し、特に系統立てることもないまま読み漁るようになった。その理由を探るのもまた詮無《せんな》いことかも知れないけれども、そこにはやはり二〇一一年以降という時間が深く関わっているのだと思う。

たとえば堀田善衛が『定家明月記私抄』を、太平洋戦争中の青春時代に「世上乱逆追討耳ニ満ツト雖《イヘド》モ、之ヲ注セズ。紅旗征戎《コウキセイジュウ》吾ガ事ニ非ズ」という有名な一節に惹かれて、当時の国書刊行会から出ていた返り点も何もない三巻本の漢文日記『明月記』を古書店のおやじをおどして買い求めたという経験から書き出していることを、いくらかぼく自身の経験に引き付けて考えてみたい気もする。これを「自分が始めたわけでもない」戦争に振り回され、若い命をよくわからないまま危機に晒され、生活や文化のあちこちが息苦しくなっていく中で若き文学者・堀田善衛がいかに生きたか、というより具体的な生々しい経緯は自伝小説『若き日の詩人たちの肖像』（集英社文庫、上下巻）に縦横に書き尽くされている。定家との出逢い、とりわけそれが暗い時代をいかに生きるかという点で、戦乱と滅亡に彩られた平安朝末期を生きた宮廷歌人と戦時下の若き詩人とをつないでいたことは、たとえば思想犯として投獄された留置場の陰惨な光景を前にして主人公が芥川龍之介や新古今集、それに中原中也について思索をめぐらす場面や、大学の繰り上げ卒業と徴兵を控えて下宿に引きこもり、『明月記』をはじめとする中世の暗い時代を生き抜いた人々についての資料を抜き書きしていく場面などに如実にあらわれている。

こうした定家の受容はほぼ同世代の塚本邦雄にも共通しているのかも知れないが、ここまで深刻な在り方ではないにせよ、震災があり、原発事故があり、社会が右傾化し、息苦しくなり、人の心も荒《すさ》んで……という時代背景の中でぼくが定家を手にとって読みはじめた気持ちも、これに一脈通じるものがあるのではないか、と手前味噌ながら考える。福島の生まれだから当然、地震や原発事故はぼくの人生に大きな影を落とすことになったし、その中で就職をせず、ろくにフランス語もできないまま、およそ就職の役に立ちそうもない仏文科の大学院に進学するという選択をしたことは当然、家族から歓迎されるはずもなく、生活面での苦境は深まっていくばかりだった。そしてまた二〇一一年は震災の直後にある女性が精神に失調をきたし、その夏に自ら死を選ぶまでの時間を彼女と共にしたという意味でもぼくには大きな影を落としている。そんな人生の真っ暗闇に落ちてしまったぼくは当然のごとく生きることへの意欲をほとんど喪失して、生活費のためのアルバイトと大学院の授業、それに月二回の精神科への通院をルーチンとしてこなすだけの「生ける屍《しかばね》」のようになってしまっていた。上に挙げたような定家周辺の書物を手当たり次第に手に入れ、専門のフランス文学の勉強もそっちのけで系統立てずに乱読していったのはちょうどこのような時間と精神状態でのことであって、そのときぼくはぼくなりに、定家に——あるいは、定家に心を寄せた堀田や塚本といった書き手に——心の拠り所を求めていたのだと、振り返ってみて思う。荒廃していく世の中と、あるいはそれ以上に荒廃してしまっているかも知れない自己の内面。時代の暗さと自己の暗さと、二つの闇を抱えたとき、人は堀田善衛のいう「末期の眼」を手にする。その眼に映じるのはあらゆるものの「醜さと隣り合わせの美しさ」であり、そしてそれこそが定家の歌の荒涼たる美にも通じている。強引なこじつけのようだけれど、人生のどん底に沈みきって、絶望することにもいい加減に憔悴《しょうすい》しきったぐらいの状態でなくては味わえないような書物とか、読書体験とかいったものが恐らくは存在するのであって、定家に関するあれこれもまた、そうした読まれ方をするに相応《ふさわ》しい書物なのだと、ぼくはここで無理を承知の上で断言しておく（そういえば水《みず》原紫苑《はらしおん》『星の肉体』（深夜叢書社）所収のエッセイ「ルサンチマンのゆくえ——定家との出会い」でも、やはり定家の歌の陰に「生に対する怨恨すなわちルサンチマン」を、また「絡みつくように陰惨な生への呪い」が見られていた）。

ヴァイタリティないし生命力とでもいうべきものが著しく衰耗《すいこう》している状態で読んだとき、定家の歌と塚本の解釈の中でもとりわけぼくの胸に訴えかけてきたのは「かげろふ」を詠んだいくつかの作品であった。カゲロウというのは蜉蝣と陽炎、二つの漢字を当てることができるけれども、前者の昆虫も後者の気象現象も、なにやら茫洋《ぼうよう》として捉えどころがなく、見る者を一瞬だけ夢幻の世界に誘うか誘わないかというすれすれのところで、儚《はかな》くも消え去ってしまうという点で重なっている。恐らくは「かげる」という動詞に語源を有するであろうこの生物ないし現象を詠み込んだ定家の歌は、やはり読者を夢幻境にいざなう華麗なレトリックと、それが「紅旗征戎」すなわち現実世界の混乱にひたすら背を向けることで構築された反現実の反世界であるという危うさのために、それ自体が一つの「かげろふ」であるかのような感触をもっている。塚本の『定家百首』から、その観賞文のさわりとともに引いてみよう。仮名遣いや用字法などは河出文庫版に基づく。なお「糸遊《いとゆう》」（いという、いとゆふ）は塚本も言うようにカゲロウの別称である。

わきかぬる夢のちぎりに似たるかな夕の空にまがふかげろふ（定家）

かげろふは蜉蝣《ふいうもく》目の昆蟲で、産卵を終ると數時間で死ぬ。はかないものの象徴的代名詞として、蜻蛉《かげろふ》とも書かれ、絲遊《いという》とも呼ばれて中世文學に頻出するが、もともと空に浮遊するさまが陽炎に似てゐるところから轉じたものである。（塚本）

くり返し春のいとゆふいくよへて同じみどりの空に見ゆらむ（定家）

死に變り生れ變つた自分が、幾十年、幾百年の後の春の空に、また同じ陽炎を見るであらうとまで歌意を先取りするなら、そこには酩酊感どころか救ひやうのない虚無も生れよう。そのとらへどころのない虚無の中に身をおくこと以外、中世貴族の生き方はなかつたのだ。夢幻を現實とせねばならぬすさまじさにまで思ひ及んで初めて絲遊は天然現象から美學に變貌する。（塚本）

はかなしな夢にゆめみしかげろふのそれもたえぬる中の契は（定家）

一見同義語にひとしい詩句の反覆で、いつか讀者を催眠狀態にみちびき、みづからの世界にひきずりこむ定家の呪文構成であり、巫者的な歌人の本領と言へるだらう。夢みるのは作者でありそのまま蜉蝣、絶えるちぎりもまた蜉蝣即作者、その霞みけむる夢とうつつの間に、會ふこともなく戀ひしたふ二つの魂が見え隱れするといふ、言はば曖昧形而上學のおぼろな結晶である。（塚本）

ぼくの生れ故郷を流れる阿武隈川には夏ごとに昆虫のほうのカゲロウが大量発生する。

何千匹、何万匹という規模で一斉に羽化した、うすみどり色の透き通った翅をもつ線の細い虫たちが夜空を埋め尽くし、飛んで火に入るなんとやらという慣用句よろしく橋の照明灯に引き寄せられて視界を塞《ふさ》ぎ、またおびただしい数の死骸が油を分泌して道を塞ぐために自動車事故が多発した。そうした次第で、橋にさしかかる道路には「カゲロー注意!」と大書された看板が出ていたことを思い出す。トンボをさらに頼りなく痩せ細らせたような成虫の姿とは似ても似つかない俗称アリジゴクなる幼虫の姿で長いあいだ砂に潜って成長するこの昆虫は、ひとたび羽化するともはや餌を摂取するための口さえ持たず、ただ交尾と産卵のためだけに短い命を燃やす。この壮絶なまでの儚さは、たとえば吉野弘の詩「I was born」に美しくえがかれているように、死へ向けて傾斜しかけた魂にとって奇妙な魅力をもって迫ってくるものがある。

この、恐らくはどす黒い絶望の大地に根を張って養分を吸うことでその上に初めて花咲いたであろう反現実の美学と、荒れ狂う人間世界の嵐をすべて虚無と観ずる醒めきった眼でその美学を精緻な言語芸術へと結晶させることで、周囲の荒廃しきった現実から完全に切り離されたところに——まるで虚空に伽藍《がらん》を築くかのように——一個の反世界を構築した詩人・定家の孤独な後ろ姿は、当時のぼくに決定的な印象を残したと言っていい。ぼくも、そして塚本も、濃厚なメランコリーと死への親和性に満ちているという意味ではむしろ定家よりも彼と並んで新古今和歌集の撰者の一人であった藤原(九条)良経に惹かれるところが多く、ぼくは同人誌に塚本の藤原良経論について文献考証の真似事のような評論まで書いたことがあるが、しかし反世界の壮麗な伽藍を構築するかのごとき定家のこの深い絶望に裏打ちされた華麗なレトリックは、ちょっと余人の追随を許さないところがある。

その定家のレトリックの中でも半ば専売特許のように見られ、中学や高校の国語教科書にさえ紹介されている技法に「本歌取り」があるけれど、その代表として引用されることの多い、万葉集巻三「苦しくも零《ふ》り來る雨か神《みわ》の崎狹野《さの》の渡に家もあらなくに」を本歌にもつ次の歌について、塚本はどう解釈しているか見てみよう。

駒とめて袖うちはらふかげもなしさののわたりの雪の夕ぐれ（定家）

靜物畫《ナチユール・モルト》化された風景畫であり、旅人は決して作者自身ではない。作者と作中人物は、萬葉のいはゆる本歌ではいたいたしいまでに骨肉を分つてゐるが、定家の歌では一しづくの血も通つてゐない。本歌をことごとしくひきあひに出すならそこまで言及した方がよからう。白一色の畫面に淡い墨で描いたはなやかな死の空間であり、贊たるべき歌そのものが繪であつた。（塚本）

先に引いた「かげろふ」の歌群にも、また代表歌とされることの多い「見渡せば花ももみぢもなかりけり浦のとまやのあきの夕ぐれ」にも言えることだが、定家の歌に独特の「非人情」とでもいうべきものがあり、とにかく人間の影がなく、人間を指すであろう言葉がときたま登場しても、そこに実際の生きて呼吸する肉体の臭いはまったく立ち昇ってこない。この世は現実か夢かすらわからない虚無の世界であり、そこには「袖うちはらふかげ」も「駒」も、また「花ももみぢも」存在しないのである。塚本がこの歌を評するのに用いたnature morteというのは「静物画」を指すフランス語で、直訳すると「死んだ自然」という意味になり、それが「死の空間」という表現に響いてくるわけだが、実際、歌の中で「さののわたり」に立っている、この一首の視点人物たる旅人は決して定家本人ではなく、近代以降の短歌が作者と作中人物を同一視してきた怠惰な慣習とは無縁でありまったく別な世界に身を置いている。塚本は定家の歌に頻繁にあらわれる「よそ」という語に着目して、これをある種の「他界」と見做す解釈をしているが、実際、現実に背を向けて構築された定家の空中楼閣のような文学空間は人間の住みつかない「人外境」を形成しており、そしてその人外境は、現実世界に氾濫する「人間」の群れが放つ芬々《ふんぷん》たる体臭に飽いた、ないしは絶望した読者にとって存外、居心地のよい空間なのであった。

実際、こうした定家の歌に没頭していた頃のぼくは二〇一一年という、いくつかの美談をも生みこそすれ、それ以上に、保身と利益とに汲々《きゅうきゅう》とし、流言飛語をまき散らす、そんな人間の醜い面、愚かな面を身近にも間遠にも嫌というほど見せられる経験を経て、ほとほと「人間」なんてものとは関わり合いにならず静かに隠れて生きていきたいものだと思っていた。冷静で頭が切れると思っていたある知人が震災に際してデマをSNSで拡散しているのを見て以来、誰も信用できないという気持ちになった。長く外国に暮らして語学にも現代文学の動向にも強いある教師は、講義の枕に必ず数十分政治批判をぶつのだが、その中には「福島では今に畸形児がうじゃうじゃ生まれる」「政府や御用学者は隠蔽《いんぺい》しているけど俺は知っている」「原発事故があったのに自民党の候補を当選させる福島県民は頭まで放射能に汚染されているに違いない」といった言葉が散りばめられており、ぼくはその講義をサボりがちになった。また、大学の看板ということになっている学部で官僚を目指していた後輩は、原発事故で打撃を受けた農家のおばあさんが避難生活に疲れ「わたしはお墓にひなんします」と遺書を残して自殺したニュースに触れて「面白いジョークだと思う」とSNSに投稿していた。たとえ偽悪趣味から出たもので本心からの言葉ではないにしても、ぼく以外にも福島に家族を残している人が多く見ていることがわかっている場でこうした言辞を弄《ろう》するという精神がどうしても理解できず、この人とはその後すっぱり縁を切った。この種の体験がいくつも積み重なり、また故郷の福島でも住む地区や原発への考え方によって、それまで維持されてきたかりそめの秩序が崩れて人間関係が険悪になり、バラバラに離散していくのを見たことまで書き添えれば、「人間に絶望した」という大袈裟な言葉も当時の——あるいは今にまで続く——ぼくの気持ちにそれなりに深く根ざしたものとして少しは理解していただけるだろうか。そういった精神状態で読む書物として、詩歌として、人間を寄せ付けない「人外境」を構築する定家の歌は絶好のものであった、とさえ言えるかも知れない。

賞を受けてからぼくの歌はいくらか批評を受ける機会が増えたのだけれど、そこで他の若い世代の歌人とまとめられるかたちで、ぼくや他の二十代、三十代の歌人の作品には

「人間」が不在であるというお叱りを受けたことがあった。「人間」の世界にきっぱりと背を向けたところから立ち上がる人外境を定家の歌の中に見てきたぼくには、短歌には「人間」が詠まれていなくてはならないという風潮は、たとえば「人間（という概念）は波打ち際に描かれた顔のようにいずれ消え去ってしまうだろう」というフーコー『言葉と物』の有名な末尾の言葉を思い出すまでもなく、近代という時代が要請した下らない制度をいつまでも引きずっている歌壇人の怠惰の証拠のようにしか思われず、どうにも馴染めないものがあった。実際、文学作品に対して言葉によって構築される美ではなしに作者の「人間」を求めてそれが得られないと非難する読者はどこか、娼婦に身の上話をせがんだ挙句にこんな商売をしていては駄目だとこんこんと説教を垂れ、そのくせやることはやってスッキリして帰っていくという、あの迷惑な客に似ていると思う。

悪口はともあれ、ぼくは塚本が定家の作品に見た非人間の極致ともいうべき美にこそ詩歌の本質が、とりわけ、定家の生きた平安朝末期から鎌倉という時代、塚本や堀田善衛が生きた愚かな戦争の時代、そしてぼくたちがいま生きつつある困難な時代という三つの「乱世」にあるべき詩歌の本質があるのだ、と強く確信している。その詩歌が織りなす人外境を『定家百首』の塚本邦雄は、有名な「見渡せば花ももみぢもなかりけり浦のとまやのあきの夕ぐれ」を題材にとり、次のような詩のかたちで現代語に翻訳してみせた。

はなやかなものはことごとく消え失せた

この季節のたそがれ
彼方に　漁夫の草屋は傾き
心は非在の境にいざなはれる
美とは　虚無のまたの名であつたらうか

まこと、美とは虚無のまたの名のことであろう。

時間についてのエスキース ――『時と永遠』

三上小又《みかみこまた》『ゆゆ式』（芳文社）という漫画があって、これがアニメ化されたことがあった。いわゆる「日常系」「空気系」と呼ばれる、可愛らしい高校生の女の子たちが平凡な学校生活を送るという、ある時期非常にはやったジャンルの作品なのだけれど、この『ゆゆ式』は徹底していて、普通この種の漫画アニメで描かれる学校生活のイベントごと、入学式、卒業式、文化祭、体育祭、その他もろもろが一切描かれず、完全に「日常」を描くことに徹したかたちでアニメ化されていた。アニメ版最終回のタイトルが「ノーイベントグッドライフ」だったあたりにも、スタッフがそういう作品と解釈してアニメ化していたことがうかがえる。その代わり、日常の細やかな心の動きなどの描写は驚くほど繊細で、そのあたりで一定のファンを獲得したのだけど、それは別の話なのでここでは触れない。

というわけで時間の話題に移ると、このアニメの最終回の一話前が「こーゆー時間」というタイトルで、主人公三人組が「時間」についてあれこれ話し合う回だった。『ゆゆ式』

の主人公、ゆい・ゆかり・ゆずこの三人組は、他に部員のいない「情報処理部」に所属して、毎回、雑談の流れで出てきた「アイス」とか「水」とか、当たり前のようなことを改めてネットでいろいろ調べて知識を得て、その知識をもとに延々と実のない話を続ける。それでこの回は「時間」がなんとなく三人の女子高生のあいだで話題になり、彼女らは早速パソコンに向かって検索をかけるわけだが、はからずもそこで登場するのが中世神学の大物・アウグスティヌスの時間論であった。

ゆずこ「私はそれについて尋ねられなければ時間が何か知っている。尋ねられればそれを知らない」
ゆかり「なんかへんな人だね？」
ゆい「へんで済ますなよ……」
ゆずこ「ハンバーグ好きだけど、大好き？　って聞かれたらうーんってなっちゃうもんね～」
ゆい「うん……うん？」
ゆかり「タマネギ大きめで入ってるハンバーグいいよね～！」
ゆい「ティヌスッ!!」

（『ゆゆ式』第11話「こーゆー時間」より）

アウグスティヌスの話を始めたはずが、悪ふざけの好きなゆずこが比喩になっているのかどうかよくわからないハンバーグの話を持ち出し、天然ボケのゆかりがハンバーグの話に乗っかってしまい、しっかり者のゆいが「(アウグス)ティヌス(の話じゃなかったのかよ)ッ!!」とツッコミを入れる。このしょうもない会話の味わいは、というか『ゆゆ式』という作品の味わいは文字だけで伝えられるものでもなく、原作漫画なりアニメなりを見ていただくほかないのだけど、それはともかくアウグスティヌスである。この有名な言葉を、ぼくはこのエピソードを見るちょっと前にゼミの先輩が研究発表で引用したのでたまたま知った。アウグスティヌスのこの一節は『告白』の第十一巻というところに出てくる。いまぼくの手許にある岩波文庫版、服部英次郎訳の『告白(下)』から引用すると、こんな感じだ。

それでは時間とはいったいなんであるか。だれがそれを容易に簡単に説明することができるであろうか。だれがそれを言語に述べるために、まずただ思惟にさえもとらえることができるであろうか。しかし、わたしたちが日常の談話において、時間ほどわたしたちの身に近い熟知されたものとして、語るものがあるであろうか。そしてわたしたちは時間について語るとき、それを理解しているのであり、また、他人が時間について語るのを聞くときにもそれを理解している。それでは、時間とはなんであるか。だれもわたしに問わなければ、わたしは知っている。しかし、だれか問うものに説明しようとすると、わたしは知らないのである。

最後の一節が、『ゆゆ式』の三人組がネットで見付けた一節に対応している。なんだかこなれない訳のようだが、もともと読者に配慮して書かれた文芸作品などではないのだし、原文もこんな感じなのだろう。前後を読むとこの時間論は「神が世界を創造する以前に時間はあったのか」という、教義問答というか、異教徒を説得するための議論というか、その種の問答の流れで出てくるのだが、そういったことは少なくともぼくにはあまり関係ない。ただ、普段「時間が足りない」とか「時間をつぶす」とか言っているくせに、いざ改まって「時間とは何か」と考え始めると明確な定義が下せない、すぱっと説明することができない、というのは一般論としてわかることだ。物理学などに詳しい人はあれこれ説明できるのかも知れないけれど、あいにくぼくは高校で生物と地学しか履修しなかったので(センター試験は地学で受けた)そのあたりの話にはまったくついていけない。アウグスティヌスはぼくと違って賢かっただろうけれど、なにせ今のような時計すらなかった大昔の人である。彼はやたらと「主よ、」を連呼したり、何度も「この謎の解決を神に乞い求め」たりしながら、時間について精緻な分析を積み重ねる。京都学派の哲学者・田辺元は精密きわまる時間論の古典として東は道元『正法眼蔵《しょうぼうげんぞう》』の「有時論」、西はこのアウグスティヌス『告白』の時間論を挙げているらしい(竹之内静雄『先師先人』講談社文芸文庫)。そんな積み重ねの果てにアウグスティヌスが到達する結論はこんな具合だ。

すなわち未来も過去も存在せず、また三つの時間すなわち、過去、現在、未来が存在するということもまた正しくない。それよりはむしろ、三つの時間、すなわち過去のものの現在、現在のものの現在、未来のものの現在が存在するというほうがおそらく正しいであろう。じっさい、これらのものは心のうちにいわば三つのものとして存在し、心以外にわたしはそれらのものを認めないのである。すなわち過去のものの現在は記憶であり、現在のものの現在は直覚であり、未来のものの現在は期待である。

（『告白』）

現在、という言葉が「いま現在」という意味と「現に在る」という意味と、二つの意味で使われていることを了解できれば、いたって常識的な結論である。過去に起こったことは記憶として、現在起こっていることは直覚として、未来に起こるであろうことは期待として、それぞれわたしの心に「いま現在」「現に在る」というわけだ。これが時間論の古典だと言われてしまうとちょっと面喰らわないでもないけれど、時間とは何ぞやという難問に対して一応のはっきりとした答えを出してみせ、またそれが現在のぼくたちにも何となく常識的な感覚としてなるほどと納得がいくような内容であることは、きっとそれなりに、というかかなり偉いことなのだろう。このあと、アウグスティヌスは「時間はどうやって測られるのか」ということについて、相変わらず神に助けを請いながら話を進めていくのだけれど、それはもう追わないことにする。

このアウグスティヌスの時間論に冒頭で触れて「アウグスティヌスの「時」の論はこの題目について思索する何人も研究の出発点となしまた終始指導者となさねばならぬ画期的業績である」と言うのが、キリスト教（プロテスタント）の信仰に立脚した京都学派の宗教哲学者・波多野精一《はたのせいいち》の名著『時と永遠』である。この本は読もうと思えば旧字旧仮名だが青空文庫で読めるし、岩波文庫に入っているので旧字旧仮名が苦手な方にはそちらを薦める。ぼくは図書館で廃棄扱いになっていたのを貰ってきた、岩波書店の『波多野精一全集』で読んでいる。『時と永遠』は文章こそいくぶん古めかしいものの明晰な論理に貫かれており、作家の田中小実昌も「すっきり、さわやか」という言葉でこの本をいたく褒めている（『田中小実昌エッセイ・コレクション5　コトバ』ちくま文庫）。波多野精一はアウグスティヌスの時間論ともう一人、このころ時間論の哲学者として世界的に名をはせていたベルクソンの思想について検討しながら、概略次のように自己の時間論を提示している。なお波多野は「未来」という言葉を嫌い、「将来」を用いる人である。

「現在」は主体の自己主張に基づき生の充実・存在の所有を意味するものとして中心に位しそこよりして時の全体を包括する。これに反して「過去」は生の壊滅・存在の喪失・非存在への没入である。しかしてこれら両者を成立たしめる主体と他者との接触交渉に対応するものが「将来」である。将来は絶えず流れ去る現在絶えず無くなり行く存在を補給しつつ維持する役目を演ずると同時に、またそれの過去への絶え間なき移り行きの原因ともなる。まさに来らんとするものはいつも来って現在となりつつ、しかも他方それの向い行く現在にいつまでも出会うことなしにおわる。将来と現在との間に存するこの矛盾的関係は畢竟主体と他者とが生及び存在の真の共同に達し居らぬことを指し示す。後に説くであろう如く、永遠性における時間性の克服は主としてこの点に手掛かりを見出すであろう。

（『時と永遠』）

窮屈な文章で読みにくいかも知れないが、要するに「現在」の生や存在は「過去」に向けて絶え間なく失われていくのだが、そこに「将来」から絶えず生や存在が「補給」されることで「現在」は持続していく。だから時間性を徹底したところにあらわれる「死」というのは、もう「将来」から生や存在が補給されなくなり、「過去」へと生も存在も失われてしまうことを指す。

死は自然的時間性、時の不可逆性、の徹底化である。主体のその都度の現在だけではなく、全き現在の即ち生の全体の壊滅、無への没入が死である。統一的全体的主体にとって存在の維持者である実存的他者との交渉が断たれ、従って根源的意義における将来が無くなることが死である。対手を失った主体、将来の無き生、これが死である。吾々はすでに、根源的時間性において現在が過去へと存在を失いつつ、しかも将来より補給されるを見た。絶えず非存在へと過ぎ去りつつしかもなお現在が成立つのは、将来があり他者との交渉があるからである。存在の補給路が全く断たれたる現在、全く孤独に陥った主体、去るあるのみ待つもの来るものの全く無くなった生は滅びる外はない。主体のかくの如き全面的徹底的壊滅こそ死である。

(『時と永遠』)

田中小実昌も言っていることだが、波多野精一の時間論で面白いところは主体が「将来」という時間から存在を補給されるための根拠を「実在的他者との交渉」に置いているところにある。そして主体と他者とが「生及び真の共同」に達するとき、初めて人間は「死=時間性」を克服して「永遠」に到達するのだ。波多野は言う。

死は時間性の徹底化である。従って時間性の克服は死のそれにおいてはじめて完きを得、逆にまた死の克服は時間性のそれによってはじめて成就される。ここよりして次の事どもが帰結される。第一。時間性及びそれに基づくこの世の苦悩はややもすれば死そのものによって克服されるが如く思われやすい。死をもって生の一種の形とする思想がいかに根強く人心を支配しおるかを思えば、この考え方感じ方が通俗的に揮う勢力は首背かれる。しかしながらそれが全く錯覚に過ぎぬことは上の論述によってすでに明かにされた。もっともその思想の一理あるは許容すべきであろう。死は他者よりの離脱として主体にとってはたしかにこの世を去るを意味する。死はある意味においてはたしかに時間性及びこの世の苦悩よりの解脱である。ただ惜しむべきはその解脱は同時に解脱する筈の主体の壊滅を意味することである。世の悩みは主体の自己主張の抑圧否定に基づくとすれば、死はかえってこの世の悩みの徹底化というべきである。ここより観れば、世の悩みこそむしろ死の前兆または先駆と解すべきであろう。

第二。吾々は、時間性の克服である永遠性は同時に死の克服でなければならぬこと、また死の克服は永遠としてのみ成就されることを知る。生の継続に過ぎぬ不死性の観念が、永遠性のまた従って死の克服の要求にそわぬことは、すでにここよりしても明かである。永遠性の正しき理解を求むべき方向もすでにここに指し示されている。主体の現在が将来を失うことが死であるならば、永遠は過去が無く将来のみある現在である。それと聯関して、死は他者よりの完き離脱であるに反し、永遠は他者との生の完全なる共同でなければならぬ。孤独は死を意味し、永遠は愛としてのみ成立つのである。

（『時と永遠』）

永遠は生の継続ではない。それはただの不死だ。死、それは他者との完全な離別である。孤独である。その死を克服するためには、他者との生の完全なる共同、つまり「愛」が鍵になってくる。……と、こう言ってしまうといかにもキリスト教の哲学者という感じがするけれど、その前段が素晴らしいではないか。この世の苦悩はおよそ突き詰めて考えれば時間に由来する。その苦悩から解脱するためには、時間を克服するためには、もう死ぬ以外どうしようもない。人はそう思い込みがちである。そしてともすれば苦悩から解放されるため、自ら死を選んだりもする。波多野精一がこれを書いていたのはあの戦争中のことであり、さらに『時と永遠』の冒頭には「亡き妻の記念に」の献辞がある。波多野は妻の死に直面しながら思索を重ね、この文章を綴ったのだ。苦しみ、悩み、いっそ死んだほうが楽になれるのではないか、と思ったことだってあったかも知れない。

しかし「死はある意味においてはたしかに時間性及びこの世の苦悩よりの解脱である」けれども「その解脱は同時に解脱する筈の主体の壊滅を意味する」と波多野は言う。死ねば悩みから解放されるはずが、死んでしまえば悩んでいた主体、解放を望んでいた自分もまたいなくなってしまう。それでは救われない。波多野はそこからまた立ち上がる。そして歩きだすのだ。愛へ、他者へ、将来へ、永遠へ向かって。

ところで波多野精一は何かと西田幾多郎と比較されることの多い哲学者である。京都学派の大スター、日本最初の独創的哲学者、東西思想の融合、と持ちあげられる西田に比べると、キリスト教とギリシャ文明に基礎を置く西洋派の学究で、若くして『西洋哲学史要』（角川文庫／未知谷）をまとめあげた豊富な学殖をもとに思索を展開した波多野は、誠実ではあっても、いくぶん地味な印象がつきまとう。エッセイや時事的な文章も盛んに書いた西田に対して、波多野はその種の依頼をいっさい断ち（数少ない例外が「治安維持法」のため悲劇的な死を遂げた愛弟子・三木清の追悼文である）、ひたすら研究と教育に専念、著作と著作とのあいだに十年以上の沈黙期間を挟むこともあったという、典型的な、こちこちのアカデミズムの人だった。どちらが偉いとも言えないし、西田幾多郎の著作も面白いけれど、西田の晦渋《かいじゅう》より波多野の明晰のほうがぼく個人の気性に合うこともあり、少々の判官びいきも混じえつつ、ぼくは波多野精一のほうをよりお薦めしたいと思っている。

ちなみに西田幾多郎の時間論（論文「永遠の今の自己限定」などに詳しい）については、京都学派のなかでも最年少の部類に位置するであろう野田又夫の回想「昭和六年頃の西田哲学」（『哲学の三つの伝統』岩波文庫）によると、こんな具合である。「絶対無の自己限定は、時間に関しては、永遠の今の自己限定ということであり、『われわれは永遠の現在で足ぶみしている』、『まりつきをしているようなものだ』、そしてさらに、われわれは『ガラスの面に字を書いているようなもので、消せばすぐ消える』ともいわれた」。野田はこの最後の「ガラスの面に字を書く」という比喩を、西田の随筆集（これも岩波文庫で読める）に原文で引用された詩人キーツの墓碑銘と結び付けている。Here lies one whose name was writ in water. その名を水に記されし者ここに眠る……。

永遠の現在、なんて言葉が出てくるあたり、西田の時間論は波多野のそれに比べていくらか日本的なのかな、と思わなくもない。少なくとも波多野のいう「永遠」とここでいう永遠とはぜんぜん別物だろう。西田、波多野ときて京都学派からもう一人、さらに「日本」とか「東洋」とかいうことを念頭に置いて時間について思索をめぐらした哲学者として、九鬼周造も紹介しておきたい。

九鬼は男爵家の令息だったこともあり経済的に恵まれ、かなり長期間にわたってヨーロッパ、特にドイツとフランスに留学した。その留学中に書かれた草稿「いきの本質」が彼の第一作『「いき」の構造』（岩波文庫、講談社学術文庫ほか）へとまとめられるのだけれど、実はそれ以前に、彼はフランスで一冊の本を出している。*Propos sur le temps* というのがその題名である。日本語に直せばずばり「時間論」である（邦訳『時間論』岩波文庫）。滞仏中の家庭教師が学生時代のサルトルだったという九鬼は何かと人脈に恵まれ、経済的バックボーンのせいもあろうが、天賦の才能があったのだろう、遂にはフランス語で「時間の観念と東洋における時間の反復」と「日本芸術における『無限』の表現」という二つの講演を果たしている。地名をとって通称「ポンティニー講演」と呼ばれているこの講演原稿がフランスで出版されたのが、先述の *Propos sur le temps* である。日本より先にフランスで著書を問うあたりが、かっこいいと言えばかっこいいし、キザで嫌みったらしいと言えばそうも言える。

この『時間論』には九鬼自身の手になる日本語でのリライトとして「形而上学的時間」（『人間と実存』岩波文庫）なる一文もあることを付け加えておこう。この一文はほぼ構成も「ポンティニー講演」と同じだが、敢えて違いを言うとすれば、講演の時点でも既に触れられていたハイデガーに関する記述が、ここではさらに詳しくなっている。九鬼がハイデガーのもとで学んだ期間はそう長くはないし、他にもたくさんの日本人哲学者がハイデガーに就いて学んだはずだが、ハイデガーのほうでも九鬼のことをとりわけよく覚えていたらしい。戦後（九鬼は戦時中に亡くなった）になって独文学者の手塚富雄と交わした対話をもとにした著作『言葉についての対話』（平凡社ライブラリー）でも、この老哲学者はかつて自分のもとで学んだ日本の貴公子クキの思い出から語り出している。

そのバロン九鬼、若き日の面目躍如たるポンティニー講演は「もし『東洋的時間』について語る権利があるとすれば、何よりも輪廻（transmigration）の時間が重要であると思われる。輪廻の時間とは、繰り返す時間、周期的な時間である」と説き起こされる。気鋭の哲学者はベルクソンやライプニッツに触れるかと思えば、ハイデガーの「水平的エクスタシス」に対して「垂直的エクスタシス」を説き、ニーチェの永劫回帰を媒介として東洋のウパニシャッド哲学や輪廻思想、さらには武士道にまで話を広げながら、あくまでフランス流のエレガントな論理――これは九鬼の著作に終生ついてまわる特長である――を駆使して見事に論を進めていく。

東洋の回帰的時間などと言われると、「播種期と収穫期との間の時間」「春祭と秋祭との間の時間」を「毎年周期的に繰り返す」ような農耕民族としての時間感覚に結び付けて考えそうになるが、この「農業的時間」ないし「神祇《じんぎ》的時間」という比較社会学ふうの見方をも、九鬼周造は例によって華麗な論理で退けている。

そんな農業的、神祇的な「周期的時間」とは別のところに、では九鬼はいかなる「回帰的時間」を見出したのか。清岡卓行の最後の小説『マロニエの花が言った』（新潮社）にも引かれた有名な一節を、少し長くなるけれど、煩《はん》を厭わず引用してみよう。

いつも皮相的と見えるのは、ギリシア人たちがシシュフォスの神話の中に劫罰を見たことである。シシュフォスが岩塊を頂上近くまで転がしていくと、岩は再び落ちてしまう。そしてかれはこれを永遠に繰り返す。このことの中に不幸があるだろうか。罰があるだろうか。私は納得しない。私は信じない。すべてはシシュフォスの主観的態度に懸かっている。かれの善意志、つねに繰り返そうとし、つねに岩を転がそうとする確固とした意志は、この繰り返しそのものの中に全道徳を、したがってかれのすべての幸福を見出すのである。シシュフォスは不満足を永遠に繰り返すことができるゆえに幸福でなければならない。これは道徳的感情によって夢中になっている人間なのである。かれは地獄の中にいるのではなく、天国にいるのである。すべてはシシュフォスの主観的見地に依存する。敢えて一つの例を挙げよう。五年前東京の大半を破壊した大地震の直後、われわれは東京に地下鉄の建設を始めた。私はそのときヨーロッパにいた。私は尋ねられた。「ほぼ百年毎に周期的にやってくる大地震でつねに新たに破壊されるように運命づけられている地下鉄を、なぜあなたがたは建設するのか」と。私は答えた。「われわれにとっての関心は、企てそのものであって目的ではない。われわれは地下鉄を建設しようとしているが、地震はそれを破壊するであろう。しかしわれわれは新たにそれを建設しようとする。新たな地震がまたしてもそれを破壊するであろう。しかり、われわれはつねに新たに始めるだろう。われわれが評価するのは意志そのもの、自己の固有の完成を求める意志なのである」と。

（「時間の観念と東洋における時間の反復」『時間論 他二篇』岩波文庫）

かっこいい文章である。カミュの『シーシュポスの神話』（新潮文庫）に先駆けて、この神話の積極的読み換えを試みているところなど、素晴らしい先駆性ともいえる。関東大震災と日本初の地下鉄開業をめぐる箇所などは、きっと東日本大震災のあと、いろいろなところで引用されたに違いない。でも、と、ぼくは違和感を禁じえない。ぼくたちはそんなに泰然として運命を引き受けられるだろうか、と。この種の思想をもっと凝縮されたかたちで盛り込んだ文章として、九鬼には「青海波」「偶然と運命」などの随筆があるが（いずれも岩波文庫『九鬼周造随筆集』に所収）、これらの見事な文章を、サムライらしい覚悟を、ぼくはどうにも素直に受け容れる気持ちにはなれなかったし、なれない。

ところで九鬼はハイデガーの他にもう一人、時間論を語るうえで欠かせない二十世紀の大哲学者アンリ・ベルクソンとも交友をもち、彼のノーベル賞受賞を記念した文学雑誌に「日本におけるベルクソン（Bergson au Japon）」と題した一文（『九鬼周造全集』所収）を発表までしている。このあたりの経緯は「回想のアンリ・ベルグソン」（『九鬼周造随筆集』所収）に詳しい。

ここで「純粋持続」を核とするベルクソンの独創的な時間論を紹介するいとまはないから、彼の主著をざっと列挙するにとどめたい。ベルクソンのフランス語は名文だというが、そのせいか邦訳にも優れたものが多い（そうでないものもあるが……）。夏目漱石や芥川龍之介、中原中也や小林秀雄といった文学者たちも賛辞を惜しまなかった最初の著書『時間と自由』は岩波文庫などで読めるし、時間から記憶へと問題意識をシフトさせた名著『物質と記憶』は岩波文庫や講談社学術文庫から新訳が出ているし（ちなみに岩波文庫版の旧訳は東北大の総長をつとめた哲学者・高橋里美の若き日の訳業であった）、やや入手困難ながら岡部聰夫《おかべあきお》による素晴らしい邦訳も駿河台出版社から出ている。ドゥルーズ『シネマ』二部作（法政大学出版局）によって新たな側面が照らし出されたこの著作はベルクソンにしては難解だが、じっくり時間をかけて取り組んでみるだけの価値はある。入門篇に適した短論文集『思想と動くもの』（岩波文庫）には碩学・河野与一の名訳があるほか、『思想と動き』の題で『精神のエネルギー』と併せて平凡社ライブラリーから原章二による訳が出ている。この二冊からの抜粋による『哲学的直観ほか』（中公クラシックス）も手ごろだし、同じシリーズには『道徳と宗教の二源泉』も分冊で入っている。河野与一の弟子・真方敬道《まがたのりみち》の訳した『創造的進化』（岩波文庫）もお薦めできるし、白水社からはベルクソン全集が刊行されている。いちばん手に取りやすいのは合田正人ほかの共訳によるちくま学芸文庫版だが、これは強いて言えばフランス語原文を読むための参考書向きで、日本語訳だけで読むのにはあまり向かない。

そんなベルクソンを独自に摂取しつつ、プルースト（彼の小説は発表当時「ベルクソニスムの小説」と呼ばれたという）やヴィリエ・ド・リラダン、ボードレールやヴァレリーといった具合に、自在に文学作品を引き合いに出しながら展開する不思議な時間論に吉田健一『時間』（講談社文芸文庫）がある。戦後の名宰相・吉田茂の長男ながら政界から身を遠ざけて文人として独自の地位を築いたこの「文士」――と吉田は自称していた――の評価は今日いよいよ高まる一方、特にこの『時間』は晩年の傑作としていろんな人々が言葉を尽くして絶賛している。遂には俳優の加瀬亮が映画の撮影に小道具としてなにか文庫本をもってくるよう監督から言われ、何冊かもっていったうちこの本が撮影に使われたというのでずいぶん売れたらしい。

と、いう書き方から推測のつく方もおられるかも知れないが、ぼくは吉田健一の、というよりは『時間』のよい読者ではなかった。彼の文章はよく悪文だといわれるが少なくともぼくにとってそんなことはなくて、酒や食物に関するエッセイ、はたまた自伝的文章を集めた『交友録』（講談社文芸文庫）や書物をめぐる『書架記』（中公文庫）など、さしてストレスを感じずに愛読してきた著作は数多い。それが『時間』となるとどうも苦手だったというのは、もともと句読点が少なく曲がりくねって進むような吉田健一独特の文体が、この本では極端なまでに推し進められていたこと、そしてその異様な文体そのものが読者の「時間」感覚を揺さぶって特異な経験をさせるという点で内容と切り離せない重要なファクターとなっていることによるのだと思う。雑誌連載だったこの本の任意の章からその冒頭を引いてみれば、ぼくが『時間』に対してもった苦手意識も少しは御理解いただけるのではあるまいか。

人間は自分を固定したものと見るから時間の経過を絶えず何かが自分から去って行くことのように思うことになるに違いない。この錯覚が生じるのは自分の意識、或はこの意識という働きの意識が常に同一のもので自分というものを追って行けば結局はこの意識に帰着する為でなければならなくて自分という人間も時間とともに経過して同一の人間であることがなくてもその自分を意識することで意識に上るものは曾《かつ》て変ることがなくて自分というのがどういうものであるか強いて求めるならばそれがこの意識である。（XII）

どうだろう。興味のない者にはほとんど怪文書、よーしと意気込んで読んでも途中で頭がこんがらがって挫折してしまう人も多いのではなかろうか。ここまでだらだらと長く続いてきた本章の終盤近くになってこんな引用を読まされたのでは、ただでさえお疲れの読者諸氏におかれましてはさぞかしお怒りのことと推察する。この原稿を書き始めてからそろそろ五時間、ぼくもいい加減くたびれて、身体のあちこちがバキバキときしみ音を立てはじめた。こう消耗したときに吉田健一を読まされては頭に入ってくるはずがない、それも『時間』のようなしんどい文章を読むのは、よっぽど体力のあるときに限る。

ぼく自身、この『時間』は体力のあるときでなければ読めまいと思っていたくちだ。そして自分は人並みの体力を持ち合せていないから、ひょっとすると一生この本を読まずに終わってしまうのかも知れないとまで思っていた。ところが、気力と体力とに任せて最初から最後まで読破してやろうと鼻息荒く構えるのでなく、さきごろ、風邪をひいて煎餅《せんべい》布団に臥せっていたとき、ふと手近にあったこの文庫本を手にとって適当なページを開き、読むともなしにあちこち拾い読みを始めたら、これがすうっと、砂地に水の浸みこむように受け容れられたのである。自分でもびっくりした。

しかし考えてみれば著者だってこの本をいちどきに書いたのではあるまい。毎月少しずつの連載、それに各章だって一気に書いたのではなく、中断を挟みながら一ヶ月たっぷりかけて書いたのかも知れない。律儀に初めから終わりまで付き合って「時間」の重みを全身で感じるだけが読書ではなかろう。そもそも時間なんて始まりも終わりもないようなものなのだから——などと言うと理科系の方から訂正されるかも知れないが——どこで読み始めてどこか途中で読みさしにするのも読者の勝手である。そう思って改めて読んでみると、なるほどどこを開いても滋味に富んだ、密度の高い一冊である。ちょうど時間がどの一点をとってみても時間であるように、『時間』はどの頁を開いてみても『時間』なのである。

時間が現在の持続なのだということが大事なのでそのどの一点も時間であって時間であるから現在であり、このことがあって我々は生きていて又生きていることを意識する。或は意識するかしないかで生きていたり生きていなかったりして意識するのは時間の経過、従って時間であってそこにその時間とともに過ぎて行く自分を見出すから自分が生きていることも意識する。又この持続を時間の方向からすれば遡って行くことが理解するということでもあって或る対象をそれが置かれた現在のうちに、その現在の状態で見ることでこれが生きて来てそれが生きているから我々はその通りと思う。又それが生きる喜びでもある。

（V）

或る対象、とか、生きる喜び、とかいったあたりはなんとなく、前のほうに引用した波多野精一『時と永遠』の「他者との生の完全なる共同」とか「愛」とか、そういうものが時間の中で生きる主体にとって必要なのだという話にどこか似ているというか、通じるような気もする。哲学的な時間論というのはそんな「似ている」「気もする」では済まされない厳密なものなのかも知れないけれど、ぼくたちは時間の中でしか生きることができないし、時間の中でしか他者と出逢い、ふれあい、生きる喜びを感じることもできない。突き詰めてしまえば時間とは生きることであり、生きる喜びであるのだろう。

ともあれ、ぼくも読者もずいぶん時間を無駄にした。いくらなんでも長すぎる。ここいらで「時間」についてのくだくだしい議論を一刀両断する、坂口安吾の爽快な啖呵《たんか》を引いて終わりにしよう。この一節は情死した太宰治を悼む文章（講談社文芸文庫『教祖の文学・不良少年とキリスト』のほか、青空文庫でも読める）に出てくる。恐らくは口述筆記、それも太宰の死に打ちひしがれて、そうとう酒も入っているのではないか、はちゃめちゃな千鳥足のような文章だが、それこそ安吾という人の真骨頂でもある。時間って、いったい、なんですか。安吾さん。

時間というものを、無限と見ては、いけないのである。そんな大ゲサな、子供の夢みたいなことを、本気に考えてはいけない。時間というものは、自分が生れてから、死ぬまでの間です。

（「不良少年とキリスト」）

劇的人間《ホモ・ドラマティクス》と劇場型人間《ホモ・テアトリクス》――『岬にての物語』

三島由紀夫はどこからでも読み解ける。およそどの作品、どのキイ・タームを手掛かりにしても、それらしい三島論がでっちあげられるだろう。読書感想文や卒業論文を書くのにこれほど便利な作家は他にないのではないかとさえ思われる。しかしそうして得られる解答はみな三島の仕掛けた罠《わな》に過ぎず、三島について何か書いてしまった瞬間から、ぼくたちはまんまと三島の掌で踊らされた一人として数えられることになる。あるいは三島自身も、自分で仕掛けた罠に引っ掛かっていた節がなくもない。……それが意図的なものにせよ、意図せざるものにせよ。

たとえば十七歳のぼくは三島由紀夫をどう読んでいたか。「文化」から遠く隔たった田舎町に住んでいても、書店を巡れば三島の主要な著作は新潮文庫で揃えることができたし、エッセイや書簡集なども文庫本で比較的容易に入手することができた。あの頃のぼくのパンパンに膨れ上がった通学鞄には、教科書や参考書、問題集やノートに紛れて、三島の文庫本が一冊か二冊は必ずと言っていいほど入っていた。大雪で遅延した暖房の効いた通学電車の座席に腰掛けて、夢中で『仮面の告白』（新潮文庫）の極彩色の文章に読み耽ったのも十七歳の思い出なら、水泳の授業を終えてプールの塩素臭と初夏の日光が充満する教室の片隅で、皮肉っぽいユーモアに口許をゆるめながら「おわりの美学」（『行動学入門』文春文庫）や『不道徳教育講座』（角川文庫）を軽く読み飛ばしたのも十七歳の思い出である。

そんな「十七歳の思い出」の中でもひときわ強烈だったのは、あまり共感できないまま読んだ『憂国』（新潮文庫）だった。三島自身が自分の謎を解き明かす鍵として挙げたこの短篇を、およそ御多分に漏れず、あの「自決」の謎解きをするつもりでぼくも読んでみたのだけれど、これといった面白味も感じられなかった。最後の一行まで気配りの行き届いた三島の短篇にしては「憂国」は、最後に夫の後を追って自決する将校の妻の描写があまりにも薄味で、どうもあまり成功した作品とは言えないのではないかと思わないでもなかった。それでも、一つには「憂国」がわからないようでは三島の読者として失格ではないかという焦りから、今一つには「憂国」のような危険思想の匂いがする本を読んでいる自分を誇示したいという少年らしい虚栄心から、ぼくはそのころ学校新聞にもっていた文芸評論の連載にこの『憂国』を取り上げて、原稿用紙で五枚かそこらのエッセイを載せた。

この「憂国」論は効果覿面《てきめん》であった。自分の席に行儀よく座って数学の問題集などやっていると、他のクラスや上の学年からませた生徒がちらほらぼくに青臭い議論を吹っ掛けに来たし、授業のたびに色々な先生から反応があった。それまでぼくの文学少年ぶりを買ってくれていた世界史の先生は「吉田君はああいう思想に共感するのか？」と失望の色を隠さなかったし、逆に左翼嫌いの現代国語の先生は、授業時間の一部を費やして『英霊の聲』論を一席ぶってくれた。「右翼だか左翼だかわからんがお前の態度はけしからん」とバスケの授業をサボッたのを叱ってきたのは体育の先生で、「思想云々でなく、吉田はあくまで文学として読んでるんだもんな」と擁護してくれたのは飄々《ひょうひょう》とした日本史の先生で、「あれだけの文章を書けるのだから是非とも東大を目指しなさい」とよくわからない激励の言葉をくれたのは書道のおじいちゃん先生で、「なんか悩みでもあるのか？」と心配して新聞部の部室を訪ねてきたのはまだ二十代の数学の先生だった。そしてとどめのように、そのころ前の席に座っていたクラスメイトの某君は「ああいう思想に入れ込むのは君のためにならないと思うんだ、それより……」といって、ある新興宗教の書籍を広げてぼくを説得し出したのだった（彼は大学へ行かず、伝道の道に進んだとのちに噂で聞いた）。

高校という小世界でこれだけ反響を呼んだぼくの「憂国」論とは、ではどんなものであったかといえば、今から思えばごくごく穏当な、つまらない解釈でしかなかった。三島は小説家というより戯曲作家、プレイライトだった、という開高健か誰かの見解をとっかかりに、ちょうどそのころ普及しだした動画サイトで自作自演の映画版「憂国」を見た感想と併せて、自己の死を一個のドラマと化したいという欲求が「憂国」の再演としての自決を導いた、というのがその趣旨である。性的嗜好《しこう》も政治思想も、つまるところお芝居の彩りや味付けに過ぎず、三島の死と「憂国」に代表される文業とを貫くのは「演劇性への意志」とでもいうものだった、というわけだ。三つ子の魂なんとやらで、今でもぼくの三島由紀夫観はこのときのそれを逸脱することなく、むしろその延長線上にあるといっていい。

演劇とか演劇的とかいう言葉をたとえば英語に直すとしたら、drama-dramaticとtheatre-theatricalの二つの系列がある。語源をたどると、前者は「行動」「行為」を意味する古代ギリシャ語ドラーマーに由来し、後者は同じ古代ギリシャ語でも「見る」に相当するテオーレインから派生した言葉らしい。ドラマが舞台上での役者自身の行為を指すのに対して、シアターはその役者に注がれる無数の視線が交錯することによって形成される「場」すなわち劇場といった含みがある。同じ「演劇的人間」でも、行動に重きを置く場合をhomo dramaticus「劇的人間」、見る／見られることに重きを置く場合をhomo theatricus「劇場型人間」などと、少し恰好を付けてラテン語で呼んでみてもいい。このあたりのことをぼくはジョルジュ・バタイユにおける「演劇」の主題系を扱った修士論文を書いているときに調べたり考えたりしたのだけれど、さてこの二つの分類を三島にあてはめてみるとどうだろうか。

自衛隊への体験入隊、楯の会の結成、そして壮絶な自決……と、一見するとある時期以降の三島は行動の人、すなわち「劇的人間《ホモ・ドラマティクス》」に分類されるように見えるかも知れない。しかし彼の行動が常に誰かの視線に晒されることを前提としていたことを忘れるわけにはいかないだろう。「右の人」としての彼の「行動《アクト》」はおよそ総じて、映画『からっ風野郎』でヤクザの二代目を演じたときの「演技《アクト》」と大差ない、いささか悪趣味な素人芝居のようにぼくの目には映る。楯の会の制服があれだけ見栄えを重視して作られたのも、彼の最期が市ヶ谷の自衛隊の、たくさんの隊員の視線に晒されたバルコニーという舞台を必要としたのも、三島由紀夫という人が「見る／見られる」ことにこだわっていたことの証左ではあるまいか。リアルタイムでテレビに報じられた彼の最期は、のちに「劇場型犯罪」と呼ばれたそれと極めて近いところにある。ドラマの語源が「行為」であるにもかかわらず、行為は誰かの視線に晒され（ることを意識せ）ねば「演劇」として成立しないという点で、三島由紀夫は「劇場型人間《ホモ・テアトリクス》」に分類されるべきであるように、ぼくには思われる。「憂国」における主人公の自決は妻によって見届けられねばならなかったし（逆に言えば、その妻の自決がやたら薄味な描写で終わっているのは誰からも見られない死だったからだ）、その原型となったゲイSM小説「愛の処刑」（榊山保の偽名で発表）もやはり筋骨隆々たる教師が酷薄な教え子の少年に見守られながら自決を迫られるという構図を持っていた。

　さらにぼくの個人的な趣味で言えば、三島由紀夫の最高傑作にして事実上の第一作は、戦中戦後を通して半ば遺書のようなつもりで書かれた「岬にての物語」（『岬にての物語』新潮文庫）だと思うのだけれど、この美しい男女の心中に遭遇してしまう少年の物語は、三島自身の幼年期に擬せられたその少年が彼らの死を目撃しそこなった――少年が目を隠してかくれんぼの鬼をしているうちに男女は海に飛び込んでしまう――という点で、やはりホモ・テアトリクスとしての三島の出発点にふさわしい作品であるように思う。戦争において遂げられるはずだった演劇的な死が不幸にも挫折したという三島自身の経験と、少年が男女の死の瞬間を見逃してしまうというこの物語の不全感とは恐らく同根のもので、死を見届けることができなかった少年が自分の死こそは大勢の視線に晒されて迎えたいと望む、この不全感の代替的充足への渇望こそが戦後の三島由紀夫のシアトリカルな生き様・死に様を準備したのだと、ぼくなどは考える（ついでに付け加えておけば、同じ短篇集『岬にての物語』に収録された「月澹荘綺譚」という陰惨でグロテスクな短篇は、三島における「見ることと見られること」を死とエロスとの関係において考える上で絶好の題材である）。あるいは、三島自身が被写体となった写真集『薔薇刑』もまた、この「見る／見られる」とか「ホモ・テアトリクス」といった視点から見ることで、一つの解釈を与えられるだろう。写真の被写体という「見られる側」にあるはずの三島はときに恐るべき眼力でもって、本来「見る側」にあるはずのぼくたち鑑賞者を逆に「見られる側」へと変貌させてしまうようですらある……。

とはいえ、最初に断ったように、こうした解釈を披瀝した時点で既に、ぼくは三島の罠にかかってしまっているには違いない。自分では唯一の正しい解釈のような気がしていても（実際、十七歳のぼくはそう信じていた）、それは三島由紀夫というどこからでも読み解くことのできる奇怪なパズルを、自分の好みの角度から切り込んで解いてみた、というに過ぎないのである。まったく逆の角度から切り込んでも、やはりそれはそれで首尾一貫した「三島由紀夫」論が出来上がるだろうと思う。とはいえ、もちろんそれもその人の好みを反映した読みの一つにすぎないわけで、百人が百通りの読み方をしたところでそこに見出すのは（陳腐な比喩だが）三島由紀夫という鏡に映った自分の姿でしかないのは言うまでもない。三島について書くのは、いつも壮大な徒労という感じが付きまとう。

徒労ついでにもう一つだけ、十七歳のぼくが学校新聞に書いた「憂国」論の反響のうち、今まで忘れていた一挿話を書き添えておしまいにしよう。この稚拙な三島論にいちばん感銘を受け、惜しみない賞賛の声をかけてくれたのは友達でも先生でもなく、この年の秋、県内の高校新聞部の合同勉強会で一緒の班になった同い年の少女だった。

私は理科系で、あまり文学には詳しくないけれど……と予防線を張りつつぼくの文章を仔細に読み込んで意見をくれた彼女とは、その大会の終わり際に連絡先を交換し、電話やメールの遣り取りをする仲になった。美人とは言えないけれど、明るい性格で愛嬌《あいきょう》のある丸顔をしたこの彼女にぼくは確かに好意を抱いていたし、今となってはあれが自分の初恋というやつだったのだと振り返ってみることもできる。もっとも向こうは同じ県内でも遠く離れた会津の高校に通っていたから、なかなか直接顔を合わせるというわけにもいかない。メールや電話だけの初々しい関係が続いていたその翌年、彼女のいる会津で、高校生が母親を殺害し、生首を鞄に入れて交番に出頭するという、これもまたいささか演劇的《シアトリカル》な事件が起きた。放課後、すぐに電話した。自分では彼女のことを心配しているつもりでいたのだが、相手にはぼくが興味本位で事件のことをあれこれ聞き立ててきたように思われたのだろう。なまじ出会いのきっかけが三島由紀夫の、それも「憂国」だったのがいけなかったのかも知れない。身近に事件が起こってナーバスになっていた彼女は機嫌を損ね、ぼくはぼくで心配して電話してやったのに何だと腹を立て、それっきり、お互いに連絡を取り合うことはなくなってしまった。

こうしてぼくが初恋に破れたのも三島の罠……などと戯作めいたオチをつけてしまうのは流石にこの大作家に対して無礼千万だけれども、どうもこうした事情もあって、三島由紀夫はぼくにとって個人的にも思い入れの強い、しかしそれゆえ語るのを拒みたくなってしまうといういたく複雑な位置づけの作家であり、その著書は実家の勉強部屋で書架の一隅を占めているのである。

視ることのドラマトゥルギー ――『内的体験』

見るために両瞼《りょうめ》をふかく裂かむとす剃刀《かみそり》の刃に地平をうつし
（『寺山修司全歌集』講談社学術文庫）

「見ること」について考えるとき、ぼくはいつも次の一節を思い浮かべる。

私はいくつか心を顚倒《てんとう》させるような画像に助力を求めた。特に私は、私の出生以後に処刑されたらしいひとりの中国人の写真――あるいは時にはその記憶――を凝視した。この刑苦については、私はかつて一連の写真を手に入れていたのだ。最後にはその犠牲者は胸を抉《えぐ》り取られて身をよじり、手脚は肘と膝のところで切断されていた。髪の毛は逆立ち、見るもあさましい凄惨《せいさん》な姿は血で縞模様をなし、一匹の雀蜂のように美しかった。／私は「美しい」と書いた！／……何ものかが私から脱け落ち、私から逃げ、恐怖が私を私自身から剝離させ、そして、まるで私が太陽を凝視しようとしたかのように、私の両眼は滑り落ちる。

（ジョルジュ・バタイユ『内的体験』出口裕弘訳、平凡社ライブラリー）

ここに描写された「百刻みの刑」と呼ばれる写真をバタイユは若いころ、心身の不調のため通っていた精神分析家アドリアン・ボレル博士から見せられたといわれている。彼が本格的に文筆活動を始めたのはボレル博士に薦められてからのことで、その意味で、この写真はバタイユの作家生活にその出発点から付きまとっていたと言うことができる。そしてバタイユ最後の著作『エロスの涙』（森本和夫訳、ちくま学芸文庫）にこの写真は、ボレル博士から譲り受けた経緯を語るにあたって口絵として収められる。これがあまりに残虐で見るに堪えないものであったせいかどうかはわからないが、ぼくの手許にある『エロスの涙』の原著、10×18叢書の普及版からは一切の図版が削除されている。

ともあれ、バタイユはこの凄惨な光景をとらえた写真を凝視するという奇妙な操作のことを「演劇化」（dramatisation）と呼んだ。この演劇化なる概念についてはフランス語や英語の文献がいくつもあり、キリスト教や神秘主義思想との関連で論じられることが多いが、基本的にバタイユがここで言っているのは、何らかのイマージュを凝視することでいまだ生きている「見る側＝主体」としての私が、まさに死につつある「見られる側＝客体」としてのイマージュへと同一化してゆき、遂には自己が消滅するという「脱我＝恍惚」

(extase) の境地に至るまでの操作のことである。キリスト教において同一化するのはたとえば十字架上のイエスであり、また「神」であったわけだが、バタイユにおいては「私は対象として神を選びはしなかった。私はあくまでも人間の水準で、あの若い中国の死刑囚を選んだ」(『有罪者』出口裕弘訳、現代思潮社)ということになる。そしてこの写真を凝視することで彼は自我の解体にまで到達する。「この罪人に、私は恐怖と友情の絆でしっかりとつながれていた。だが、この画像を完全な合一に至るまで眺めていると、私の中から、私が私だけでしかないという必然が抹殺されてしまうのだ」(『有罪者』)。

この「死なずに死ぬこと」(『内的体験』)を目指した凝視のことをバタイユが敢えて「演劇化」と呼んだのは、何かをじっと見つめることで対象に自己を同一化するのを演劇の観客――『内的体験』にはこうした人間存在の在り様を指す「観客的現存在」(l'exsistence spectatrice) という用語もある――になぞらえてのことだった。「〈人間〉はパンだけで生きているのではなく、喜劇によっても生きている。(中略)少なくとも悲劇においては、観客であるわれわれは生きていて、そうしながら、死につつある登場人物に自己同一化し、自分も死んでゆくような思いを持つ」(『純然たる幸福』酒井健訳、ちくま学芸文庫)。脱我とか恍惚とかいった境地には、プロティノスのような神秘主義思想家にとっても幾度となく瞑想《めいそう》を重ねても人生で数回ほど体験できるに過ぎなかったのを、バタイユは写真という補助器具を使用することでより容易に体験できるよう試みたのだ。

ところで前に三島由紀夫を取り上げたときに、日本語ではどちらも「演劇」「演劇的」

をさす単語でも、ドラマとかドラマティックとかいう語が古代ギリシャ語の「行動」に由来するのに対して、シアターとかシアトリカルとかいう語は同じ古代ギリシャ語でも「見る」ことに由来するのだと書いたが、バタイユもこの演劇化《ドラマティザシオン》という概念を発展させるかたちで、後年には英語のシアターに当たるテアトル théâtre とか、あるいは「見世物」としてやはり視覚的な含意のある spectacle という言葉を用いるようになる。特にこのテアトルやスペクタクルという語彙が集中的に用いられる最晩年の著作『ジル・ド・レ裁判』（ジャンヌ・ダルクの戦友にして幼児大量殺人鬼として処刑されたジル・ド・レの裁判記録と関連資料を、古文書学者であったバタイユが集成校訂したもので、そこに付された長めの序文と年譜のみが『ジル・ド・レ論　悪の論理』（伊東守男訳、二見書房）として邦訳されている）においては、主体はもはや観客の立場にはなく、逆に俳優の立場で、多数の公衆に見られながら処刑されるジル・ド・レその人になっている。ちなみにぼくはバタイユの、特にこの著作を取り上げた修士論文を書いたのだが、フランス語ですら先行研究はきわめて乏しく（おかげで読むべき文献の量が少なくてだいぶ楽だった）、まして日本語となると皆無に等しい。ここでは澁澤龍彦「幼児殺戮者」（『異端の肖像』、河出文庫）と山口昌男「祝祭的世界」（『歴史・祝祭・神話』、岩波現代文庫）の二篇を挙げておこう。また、バタイユがこの著作を執筆するにあたって影響を受けた可能性のある（刊行年は一年差）論考として、彼の盟友ミシェル・レリスがアフリカでの人類学調査旅行をもとに書いた「ゴンダルのエチオピア人にみられる憑依《ひょうい》とその演劇的諸相」（『日常生活の中の聖なるもの』岡谷公二訳、思潮社）、特にそこで「演じられた演劇」の対概念として挙げられる「生きられた演劇」（le théâtre vécu）というう概念についても紹介しておく。その地域に住むエチオピア人たちはザールという精霊を憑依させることで日常のさまざまな問題を解決するのだが、その憑依現象は常に誰かの視線のもとで——つまり観客立会いのもとで——しか起こらないといういうきわめて演劇的な性格を持っていたのだった。

ここで話題は「見る／見られること」と「演劇性」をめぐって、バタイユから三島由紀夫に、それも写真集『薔薇刑』の三島由紀夫に移る。細江英公《ほそええいこう》『ざっくばらんに話そう』（窓社）にこんな一節を見付けた。

だから、『薔薇刑』という作品は、私のsubjective documentary、つまり主観的ドキュメンタリーということになります。言葉の上では矛盾しています。subjectiveは主観であって、ドキュメンタリーはobjectiveそのものですから。それは言葉を換えれば「subjective objectivity」のようなもので、訳せば「主観的客観」という、言葉の上ではありえないことになるんです。

この一節はあくまで『薔薇刑』撮影を介した写真家と被写体＝三島由紀夫との関係性について語ったものに過ぎないのかも知れないけれど、ぼくはそこにこれまでバタイユを題材に縷々《るる》綴ってきた「視覚を介した主体と客体の転倒」「主客の差異の消失」という問題を見ずにはいられなかった。もっとも、演戯を介して主体と客体の境が消滅するかのような体験を求めることを、晩年の「行動の人」たらんとした三島由紀夫は、そうした「死の演劇」はしょせん演劇に過ぎず、それゆえ実際に命を賭ける武士と違って役者は低い身分に置かれていたのだ、と厳しく批判している（たとえば『三島由紀夫文学論集Ⅲ』講談社文芸文庫）。演劇や文学において、どんなに執拗《しつよう》に死を表現したところでそれは偽物でしかありえない。三島にはそうした苛立ちが確かにあった。それはそれとして、細江英公『ざっくばらんに話そう』（窓社）所収の『薔薇刑』をめぐる対談で三島は、細江の「ああいう写真でお芝居を楽しんでらっしゃるんじゃないかというふうに受け取ったんです」という発言を受けてこう返している。

お芝居ということは全然なかった。役者というものはオブジェだといっても主体的なものですから、表現意欲があるでしょう。しかし細江さんは表現意欲はなるたけない方がいいというから、いわれるままにやったわけで、ぼく自体の表現意欲がぜんぜんないということが、ぼくにとってはおもしろかった。

お芝居とか役者とかいうことは抜きにしても、ここでオブジェ（客体）と主体の関係について語っているのが、写真集『薔薇刑』の撮影において「むしろ忠実な被写体であることに専念した」（『球体写真二元論』）三島由紀夫であることは傾聴に値する。写真家がobjectiveたらんとしつつsubjectiveにならざるを得なかったこの写真集において、一方の被写体はまったくのobjetとして振る舞ったのである。この複雑な主客関係のねじれが『薔薇刑』という、この写真集を視る者に異様な体験を強いている。それは「百刻みの刑」で生きながらに両手両足を切られ、肋骨を剝き出しにされ処刑される中国人の無惨な写真から眼を離せずにいるジョルジュ・バタイユの体験と、何かしら通じるものがあるかも知れない。

『薔薇刑』を読むなかでぼくが「眼を離せなくなる」のが、三島の「眼」を写した作品だった。表紙にもなった、薔薇を手にしてこちらをじっと見つめている写真など典型だが、モノクロームの画面上で抜けるように白く、らんらんと輝いてこちらを凝視してくる眼球。それは主体性を放棄してオブジェと化した被写体・三島由紀夫の眼であり、もしかすると何を見る意志も持たない眼という点では死者の見開いた眼球と変わらないかも知れないのだが、むしろそのゆえにわれわれの視線を頁上に呪縛《じゅばく》する。バタイユの言葉を借りればそこで「太陽を凝視しようとしたかのように、私の両眼は滑り落ちる」(『内的体験』)のであり、「この画像を完全な合一に至るまで眺めていると、私の中から、私が私だけでしかないという必然が抹殺されてしまう」(『有罪者』)のである。

とりわけ、三島の眼球だけを大写しに撮ってルネサンス絵画をコラージュした大きな作品は、その眼の中に自分という存在がすべて吸いこまれてしまうようで、そこにおいて完全に「見る/見られる」関係、主体=客体の関係は転倒される。もはや安全地帯から主体という確固たる地位をもって客体を見るという構図は崩れ去り、そこにはただ得体の知れぬ客体に、何ものをも見つめていないはずの眼球に見られているという無気味さ、不安感、あるいは敢えて言うならば原初的にして存在論的な恐怖とでも呼ぶべき感情しかない。その感情はまた、あの処刑される中国人の写真に出会って間もない頃のバタイユが、やはりボレル博士による精神分析治療のなかで執筆に至った荒唐無稽なポルノ小説『眼球譚』（生田耕作訳、河出文庫・角川文庫クラシックスほか）のクライマックスにも見出されることだろう。そこで殺された僧侶ドン・アミナドの眼窩から切り取られ、ヒロインである淫蕩《いんとう》な娘シモーヌの女性器に挿入された眼球は、かつて「私」とシモーヌによる乱交のなかで気が触れて死んでしまった少女マルセルの眼へと変貌を遂げる。そのとき「私」と読者はもはや主体たりえず、ただ死者の眼に晒されることで根源的な不安を体験するのである。

私の眼玉はあたかも恐怖のあまり勃起し、いまにも頭蓋から飛び出すのではないかと思えるばかりだった。シモーヌの毛むくじゃらの陰門の中に、私はありありと見たのである、マルセルの薄青色の眼玉が小便の涙を垂らしながら私を見つめているのを。湯気立つ毛叢《けむら》のなかを幾筋も伝い流れる淫水が、この月世界めいた幻に悲痛な哀しみの趣を添えるのだった。

（『眼球譚［初稿］』生田耕作訳、河出文庫）

ジル・ド・レ覚書 ――『異端の肖像』

拙歌集『忘却のための試論』に帯文を寄せていただいた詩人の高橋睦郎《たかはしむつお》氏には、ジョルジュ・バタイユの『ジル・ド・レ裁判』という本に取材した「魂の宴」（『鷹井』筑摩書房）という謡曲がある。ぼくは仏文科の修士論文にこの本を取り上げたから、お目にかかったら是非そのあたりのことを訊いてみたいと思っていた。そのお答えは私信に類するけれど、「現代詩手帖」誌の鼎談《ていだん》でも同様のことが語られている。ジル・ド・レは、ジャンヌ・ダルクの戦友としてともにフランスを救った国家的英雄でありながら、ジャンヌが火刑に処されてのち居城にこもり、何百人ともいわれる幼い子供たちを性的になぶり、残酷なやりかたで殺しながらも、しかし生涯カトリックの篤《あつ》い信仰を失うことのないままジャンヌと同様に処刑されたという、ずいぶん波乱にみちた経歴をもつ実在の人物である。そのジル・ド・レに関する資料を国立図書館に勤務する古文書学者でもあったバタイユが編纂して長い序文を付したのが『ジル・ド・レ裁判』という書物であった（とりわけジャンヌ・ダルクやジル・ド・レとも縁の深いオルレアン図書館の館長時代にこの著作を編んでいる)。では『ジル・ド・レ裁判』のどこが詩人の琴線に触れたのかというと、処刑に臨むジル・ド・レを憐《あわ》れんで、子供を殺された親たちが合唱する場面だったのだという。「魂の宴」のクライマックスに据えられているのもこの場面である。「その時、唱和す回向《ゑかう》のこゑごゑ／声は即ち、ジル・ド・レーに／殺められにし童子の親親／自ら受けし苦患《くげん》は措きて／現在苦患の魂魄《こんぱく》がため／涙ながしつ称《とな》ふる詠歌は／キリエ・エレイソン／キリエ・エレイソン／キリエ・エレイソン／クリステ・エレイソン／クリステ・エレイソン／クリステ・エレイソン／主憐み給へ　キリスト憐み給へ／キリストわれらが祈りを聞入れ給へ／ジル・ド・レーがこの世の罪を恕《ゆる》し給へ」

けれども、実際にバタイユの著作を読んでみると確かに処刑に向かうジルを、彼の望みをうけて大群衆が行列をして送り、そこでは聖歌もうたわれたとは書いてあるが、ジル・ド・レは「今現に自分のために神に哀願している賤民《せんみん》たちに対する侮蔑をその極致にまで押し進めた人物であったのだ」と描写されている。いったいに、この人物をえがくバタイユの筆はいくぶん皮肉っぽい。だいたいジル・ド・レを取り上げた作品はそのジャンルを問わず、かつて共に戦いながら先に異端として処刑された悲劇のヒロイン、ジャンヌ・ダルクとの関係に大きな比重を置いているものだ。「魂の宴」は複式夢幻能の形式にのっとってシテの演ずる亡霊がジル・ド・レであると同時に死んだジャンヌ・ダルクでもあるという設定で「変成男子」「変成女子」の掛け声とともにジルとジャンヌがくるくると入れ替わるし、ミシェル・トゥルニエの小説『聖女ジャンヌと悪魔ジル』でジル・ド・レは彼女が処刑の折にイエスの名を三度叫んだのに呼応して、自分が処刑されるときにはジャンヌの名を三度叫ぶ。近年では漫画『ドリフターズ』や『Fate/Zero』などサブカルチャーの領域にもジル・ド・レがちらほら出てくるようになったが、彼らもジャンヌの忠実な配下とか、ジャンヌの面影をもとめて現代に転生したとか、そんな描かれ方をしている。この種のロマン主義的なジル・ド・レ像は恐らく、世紀末作家ユイスマンスの小説『彼方』あたりに起因するのだろう。

けれどもバタイユの目はずいぶんと辛辣《しんらつ》だ。ジャンヌ・ダルクがジル・ド・レを近くに控えさせたのは単に彼が死をも恐れぬ勇猛な戦士だったからであり、その「勇猛な戦士」という性格はのちの快楽殺人者ジル・ド・レと地続きの、大量殺戮に性的興奮をおぼえる野蛮で子供じみた性格と地続きのものにすぎない。まして大貴族のジルにとって農村の娘ジャンヌはずいぶん縁遠い存在であったはずだ。バタイユは言う。「明らかにジル・ド・レにとっては、ジャンヌ・ダルクは理解不能の人物であった。だいたい彼が人民の運命などに関心を持つはずがないではないか。この点に関しての世評は厳しい。彼はただ自分自身にしか興味を持ち得なかったのだ。せいぜいのところ彼は子供じみた人間であるところから理解できぬままに一般の大いなる感動にあずかっていたのかもしれない」。ジャンヌ処刑後、ジルが悲しんだとかそれゆえに猟奇殺人に走ったとかいった俗説を裏付ける資料はない。バタイユはジルが殺人に手を染めたのはジャンヌとともに戦うよりずっと以前、ずいぶんと悪どい人物であった彼の祖父が死ぬ前後ではなかったかと推定している。ユイスマンスの『彼方』は参考文献に挙げられているけれど、彼が教会音楽の愛好家であったことを理由にジル・ド・レを「その時代のもっとも教養ある人物の一人」と見做したことについて、「ユイスマンは見かけだけのばかげた結論を引き出したものなのであるがこれはなんの証明にもなるものではないのだ」と一蹴のもとに退けられている（ついでにいうと、ユイスマンスの記述はその多くをボッサール神父によるジル・ド・レ伝に依拠しており、ジルの家系についてもボッサールの誤記を踏襲してしまっているが、バタイユは史料に基づいてこの点も修正している）。バタイユにとってあくまでジルは、子供じみた愚鈍さと残酷さとをもったまま莫大な権力と財力とを手にしてしまった「聖なる怪物」でなくてはならなかった（もっとも、この「聖なる怪物」monstre sacréという表現はジャン・コクトーがサラ・ベルナールを評して使った言葉で、舞台役者への褒め言葉であり、後述するようにバタイユがジル・ド・レを「演劇」の相のもとに見ていたことの証左であるのだが）。

こうしたバタイユがえがきだすジル・ド・レ像は、彼が人類学や経済学をもとに展開した「蕩尽」の思想と関連づけて論じられることが多く、一世を風靡《ふうび》した文化人類学者・山口昌男の『歴史・祝祭・神話』も、あるいはまたバタイユの晦渋な著作をすぐれた言語感覚で邦訳した出口裕弘の『楕円の目』も、おおむねそうした解釈の域に収まっている。魅力がないわけではないが他の著作と比べても扱いにくい、というのが日本での『ジル・ド・レ裁判』の位置付けだろうか。バタイユのこの著作を大きく取り上げた論文はフランス語でも四つしかなく、そのうち一つはぼくが修士論文を書きあげたあとになってスイスの雑誌に発表されたものだったので、論文を書いていた時点で読まねばならなかった先行研究は三つ。さらにそのうち二つはバタイユの母校エコール・ナショナル・デ・シャルト（国立古文書学校）が刊行した論文集に収められた歴史学者・古文書学者によるもので、バタイユの史料の扱いが適切かどうかを検討するような些末《さまつ》なものだったから、どのみちあまり参考にはならなかった。さらに言えば、ここまで『ジル・ド・レ裁判』からの引用は伊東守男が訳した『ジル・ド・レ論　悪の論理』の訳文を使ってきたが、バタイユの日本語訳が生田耕作・出口裕弘・澁澤龍彦・宮川淳《みやかわあつし》・西谷修・天沢退二郎など比較的早い時期から翻訳者に恵まれてきたせいもあるけれど、あまりよい翻訳とはいいがたい。訳文のよしあしを離れてもこの本は抄訳で、原著の大半を占める年表とバタイユによる史料の解説や裁判資料といった部分は、バタイユ自身の著作とはいいがたいからという理由でほとんど省略されており、代わりに伊東自身がジル・ド・レとジャンヌ・ダルクについて論じた文章を二篇も収録している。

ジル・ド・レの発言の訳ひとつとっても、伊東訳はへんに時代劇がかっていて演出過剰という感じをうける。ジルに最後まで付き添ったあやしげな錬金術師であり、恐らくは同性愛関係にもあっただろうとされるフランソワ・プレラーティとの今生の別れで発した言葉は、こんなふうに訳される。

さらばじゃ、フランソワ、わが友よ最早この世で会うことはない。わたしは神に祈ろう、そなたに忍耐心と正しき知識と、そして天国の歓喜の内に眼の当たりにすることになるであろう神への希望を与え給うようにな。わたしのために神に祈ってくれ。わたしもそなたのために祈ろうによって。

下手な時代劇のような台詞回しに加えて「そして天国の……」以下は関係代名詞節をそのまま直訳してしまっているので文意がつかみにくい。同じ一節を、澁澤龍彦が『異端の肖像』のなかに彼自身の訳で引用しているから比較のために引いてみよう。

さよなら、フランソワ、われわれはもう二度とこの世で顔を合わせることはなかろう。君がいつまでも忍耐を失わずに、気を確かにもつように、わたしは神に祈ろう。いいか、何事にもよく堪え忍んで、神に希望を失わなければ、われわれは天国の大きな喜びのなかで相見ることができる。わたしのために神に祈ってくれ、わたしも君のために祈るから。

こちらはあくまで平易な日本語になるよう心がけ、文章を分けることで関係代名詞節を日本語らしく置き換えているし、「さらばじゃ」「そなた」「によって」といった大衆演劇ふうの伊東訳より親しみやすい。伊東が「正しい知識」と訳している原語は冠詞なしの

connaissanceで、この語のもっとも基本的な訳「知識」に引きずられるあまり原文にない「正しい」を補ってしまったのだろうが、これは明らかに訳しすぎである。ここでは「気を失う perdre connaissance」とか「気がつく reprendre sa connaissance」といった用法の「気」にあたるものとみて「気を確かにもつ」とした澁澤の訳のほうが原意に近いだろう。「天国の歓喜の内に眼の当たりにすることになるであろう神への希望」も誤訳といってよい。ここで「眼の当たりにすることになるであろう」と訳されている nous verrons はその少し前の「われわれはもう二度とこの世で顔を合わせることはなかろう plus nous ne verrons en ce monde」と対応している（つまりジルは、もうこの世では会えないが天国では会えると思っているのである）のだから、これも澁澤訳の「神に希望を失わなければ、われわれは天国の大きな喜びのなかで相見ることができる」に軍配が上がる。

ぼくは別に澁澤のファンではないし、澁澤がジル・ド・レについて書いた文章ではこれより先に『黒魔術の手帖』に収められた、ユイスマンスの強い影響下に書かれた長い文章を読んでいたから、正直いって、論文を書くうえであまり参考にはならないだろうと軽く見ていた。しかし『黒魔術の手帖』刊行後にバタイユを読んで「いささか従来の認識を改めさせられもしたので」書いたという『異端の肖像』のジル・ド・レ論は引用ひとつとっても現行の伊東訳よりはるかに正確で読みやすく、この人が『ジル・ド・レ裁判』を訳してくれていたらなぁとさえ思う。伊東守男が訳したバタイユの著作のうち『死者』には生田耕作、『空の青み』には天沢退二郎（『青空』）によるすぐれた訳がそれぞれあるからそちらで読めばよいが、『ジル・ド・レ論』だけは他の邦訳がないのだから。
それから澁澤は、バタイユの論旨の勘どころもうまく押さえている。他の多くの論者のように人類学や経済学への関心と結びつけて事足れりとせずに、バタイユが派手好みや浪費癖、そして残虐な殺人を経て公開処刑に至るジル・ド・レの生涯に一貫して「エキシビショニズム（誇示癖、露出症）」という性格を見て、これを一種の「演劇趣味」と呼んでいたことをしっかりと指摘しているのだ。澁澤によるバタイユの引用を、少々長くなるが、彼自身の訳文で見てみよう。

犯罪は明らかに夜を招く。夜がなければ、犯罪は犯罪ではないだろう。しかし夜がどんなに深いとしても、夜の恐怖は太陽の輝きを渇望する。レエの殺人と同じ頃に行われていた古代アステカ族の犠牲には、何物かが欠けていた。アステカ族は陽光燦《さん》たる白昼、ピラミッドの頂上で殺人を行っていた。彼らには、昼の嫌悪、夜の欲望に基づく神聖化への志向が欠けていた。これに反して、犯罪のなかには、犯罪者が仮面をぬぐことを要求し、最後に彼が仮面をぬぐことによって初めてみずから楽しむところの、ある演劇的な可能性が本質的に備わっているのである。ジル・ド・レエは演劇趣味の持主だった。彼は破廉恥な行為や告白や、涙や後悔から、彼は死刑執行の悲劇的な瞬間を引き出した。彼が処刑されるのを見に集まった群集は、大貴族が辞を低くして泣きながら、犠牲となった子供たちの両親に乞い求めていた赦免やら悔恨やらによって、恐懼《きょうく》感激していたらしい。ジル・ド・レエは、その二人の共犯者よりも先に自分が処刑されることを望んだ。こうして彼は、自分の殺戮の現場に立会っていた血みどろの人物、しかも自分と肉の交渉をもったことのある人物の目の前に、自分が首を絞められ、焼かれる有様を見せびらかしたのである。

ジル・ド・レの人生は徹底的に、こうした露出症めいた彼の性格ゆえに一個の「演劇」として演出されていたのだというのがバタイユの最大の主張である。彼にとってジャンヌ・ダルクが意味をもちえたとすればそれは唯一、自分の戦功を人びとに「見せびらかす」にあたって利用価値があるという点に限られたろう、とバタイユは考える。実際、ジル・ド・レはジャンヌ・ダルク没後、オルレアンの解放とジャンヌ・ダルクを記念しておこなわれた祭で、ジャンヌの側にあって大きな武勲を立てた自分自身を主要な登場人物とする聖史劇《ミステール》を何度も演じさせ、衣装や舞台装置などの提供を惜しまなかった。そのために彼は莫大な財産をほとんど失ってしまい、あやしげな錬金術に没頭した挙句、ついには教会へ売り渡したはずの居城を奪い返そうとして逮捕されたために行状の一切が露見して処刑されてしまうのである。いまや権力と財産をすべて失ってしまったジルが打った「生涯最後の大芝居」こそ、彼自身の処刑であり、群衆や共犯者はその観客として利用されたに過ぎない。だからバタイユは、許しを乞う彼の姿に感激して処刑を前に聖歌までうたう群衆のすがたを、あくまで皮肉っぽく描写したのだ。ジル・ド・レの処刑について触れた

『ジル・ド・レ裁判』最終節「見世物《スペクタクル》としての死」の冒頭部分を、これも澁澤龍彦が引用してくれているから、彼の訳で引用しよう。

中世においては、見世物でないような処刑は、あり得なかった。罪人の死は、当時、舞台の上の悲劇と同じ資格で、人間の生命の昂揚した、意味ふかい瞬間であった。（中略）ジル・ド・レエは裁かれ、死刑に処せられねばならなかったが故に、その逮捕の瞬間から、すでに民衆の見世物になることに決まっていた。芝居のビラに呼び物が予告されているように、彼の死刑は予告されていた。中世のあらゆる罪人の処刑のなかで、ジル・ド・レエの処刑ほど、芝居風に感動的なものはなかったと思われる。同様に、その手始めとしての彼の裁判は、あらゆる時代の最も感動的な、最も悲劇的な裁判だったであろう。

ジル・ド・レの芝居がかった振る舞いとそれに感激する民衆＝観客のすがたを、バタイユが冷ややかな視線のもとにとらえていることが訳文からもよく伝わってくる。実際、バタイユにとってあらゆる死は一種の演劇、一種のお芝居にすぎなかった。十字架上で死にゆくイエスに自分をなぞらえるイエズス会士の修行に熱烈な共感を示しながらも、バタイユはしかしそれを「演劇化」と呼び、芝居の登場人物が舞台上で死んでゆくのに感情移入する観客がしているのと同じことだと見做す。だが「死はある意味ではひとつの瞞着《まんちゃく》である」（『内的体験』）。人間は決して死を体験することはできず、だからこそ芝居だとわかってはいても、そこで得られるつかの間の「死の疑似体験」に熱狂せずにはおれない。かような「演劇」をめぐるアンビヴァレントな感情がバタイユの著作には一貫して流れており、そのもっとも顕著なあらわれが最晩年の『ジル・ド・レ裁判』だというのが、ぼくの論文のおおよその趣旨だった。

とはいえ、これだけだと澁澤龍彥の受け売りで論文をでっち上げたように思われかねないから、最後に少しだけ、修士論文のさわりを書き加えておこう。

バタイユの書くフランス語はえてして読みにくいが、ことにこの『ジル・ド・レ裁判』はほとんど不自然な、ぎこちないとしか言いようのない文章で綴られている。澁澤がそれを読みやすい日本語に置き換えた（生涯にわたって彼の盟友だった出口裕弘は澁澤の訳では少し読みやすすぎてバタイユ独自の文体を伝えきれていないのではないかと苦言を呈したらしい）のに対し、伊東守男は訳者あとがきで「本論の文体の特異性や不均衡性」を伝えるために「強いて明快平易な訳文を目指さず、なんとか原文のもつ独特な固さというか、厳しさを出そうとした」と弁解めいたことを書いている。しかし先に指摘したような訳文のまずさをいったん棚上げにすれば伊東の言うことにも分がないわけではない。先に、ぼくが論文を書いていたとき『ジル・ド・レ裁判』を取り上げた先行研究は三つしかなく、そのうち二つまでは些末な問題を扱ったもので大して役に立たなかったと書いたけれど、残る一つ、ドゥニ・オリエ「残酷劇におけるジル・ド・レの悲劇」はバタイユの論旨を的確にとらえたうえで、やはりこの本の文体がもつ異様なぎこちなさ、不自然さに着目している。オリエはバタイユ論の古典的名著『コンコルド広場の占拠』(邦訳『ジョルジュ・バタイユの反建築』)で知られるこの分野の第一人者だから論旨をつかまえているのは当然といえば当然だが、そのうえで『ジル・ド・レ裁判』の文体について漠然とした感想にとどまらず、具体的な指摘を試みている。もっともその箇所は雑誌『アルク』初出の際には紙幅の関係で削除され、のちに復元されたものの、初出誌を定本としたらしい『バタイユの世界』所収の佐藤東洋麿による邦訳でも削られてしまっているのだが。その削られた箇所でオリエは、バタイユがこの本のなかで「恐らくsans doute」とか「〜だろうpeut-être」といった推量表現を多用することで、客観的な歴史記述の文章に小説の文体をもちこみ、意図的にちぐはぐな感じを出しているのだと主張する。

そこでぼくはオリエの主張が正しいかどうか確かめるため、フランス語原文を目を皿のようにして何度も読み返し、推量表現が出てくる場所に片っ端からしるしを付けていった。すると推量表現は特定の箇所に集中して出てきていることがわかった。主にジル・ド・レの残虐さを強調すべく挿入された殺人場面の描写や、いかさま錬金術師フランソワ・プレラッティとの同性愛関係の真偽をめぐる箇所など、俗っぽい興味を引きそうな箇所でバタイユは推量表現を使い、客観的な叙述と小説ふうの描写とのあいだを半ば強引に橋渡ししているのである。そのあたりがこの本をして歴史書としてはほとんど評価されず、かといってバタイユ研究のうえでも扱いに困る奇書たらしめているのだといえよう。ことはバタイユの文章がへたくそだとか、歴史研究者として失格だとかいう次元にとどまらない。ジル・ド・レという人物の芝居がかった死をえがくためには、自分自身も芝居がかった文章を採用せねばならない。その（半ば開き直りじみた）決意表明ともとれる箇所を、ここは澁澤も引用していないから、最後に拙訳で引いておこう。

史料からわかるのはあまりに貧弱なものにすぎないが、その貧弱な資料からわれわれは何が起こっていたのか思い浮かべなければ——少なくとも思い浮かべようとしなければ——ならないのである。（中略）ド・レ卿の芝居じみた死にざまは、ぜったいに、こうした貧しい事実ばかりに帰されねばならないものなのだろうか。事実から離れて、こんなことがありえたかも知れない、というとらえがたい輝きのほうに目を向けてはいけないものだろうか？

（ガリマール版全集10巻）

一輪の花の幻 ――『夏の花』

「一九六三年の初夏、私はＬＳＤを服用した。そして数時間にわたって、一輪の薔薇を見た。（中略）私は、薬が利いている間じゅう、一輪の薔薇を見続けていた。しかも、薔薇しか見なかったのである」（「薔薇宇宙の発生」『多田智満子詩集』現代詩文庫）。この簡潔な、それでいて有無を言わさぬ静かな迫力にみちた文章をもって、詩人・多田智満子《ただちまこ》は服薬実験のいきさつを語り出す。「それはたえず旋回しながら開花をつづける世界そのものであって、薔薇の他には何もなく――わずかな背景もふちどりさえもなく、見えるかぎり一輪の薔薇しかないのであってみれば、森羅万象はその一輪の花に含まれているとしか考えようがなかった。そして私はその世界に『薔薇宇宙』という名を与えた」と言うように、詩人はこの体験を「薔薇宇宙」という表題のもと詩篇にまとめようとする。「それはまさに可視的な形而上学であり、薔薇であるところの世界であると同時に、薔薇であるところの世界観であった」。

しかし詩集『薔薇宇宙』の最後を飾ることとなった詩篇に対して、詩人は不満を隠しきれない。

　私はその詩が原体験の近似値であることを期待したのだが、出来上った作品は私の体験した薔薇宇宙のパロディーにすぎなくて、私は自分の作詩の拙劣さを棚にあげて、その後しばらくの間、言語に対する徹底的な不信に陥ってしまった。あらゆる言語表現はパロディーに終る他はない、と。

だが詩人は、その「その前では言葉はあえなく敗退」するしかない極限の体験を前にして、詩について、言語について原点に立ちかえる。

　しかし、視点を変えてみれば、言語とはまさしくこうしたものなのだ。言語活動とは、思考のすべてを明るみに出すわけではなく、必然的に、表現されない部分を影の中に残しておくものなのだ。これは、考えてみれば詩学の初歩ともいうべき自明の理《ことわり》なのであった。薔薇宇宙を詩の形で表現しようとしたのは、私の初心者的な誤りであったのである。なんとなれば、詩はふつう用いられるような意味での表現でないから。つまり、詩は伝達の手段でないからだ。

べつだんドラッグを服用せずとも、たとえば「死」のような極限の体験について考えてみれば、体験を言語に移すことの困難、いかなる言語表現も体験そのもののパロディにしかならないということは、そう理解しがたいことではなかろう。そして、そこから改めて出発する者こそが詩人なのである。

さきほどのべたように、私は、あらゆる言語活動はパロディーに終る他はないと思い込んだのだが、その性急な断定は正当でもあったし、また間違ってもいた。つまり、言語の限界を突きとめた（と思った）点では正しかったのだが、ポエジーというものが、他ならぬその言語の限界そのものを逆手にとるべきものだということに思い至らなかった点で、間違っていたのである。

このあと、『鏡のテオーリア』（ちくま学芸文庫）や『魂の形について』（白水Uブックス）でもその博識ぶりを遺憾なく披瀝してくれたように、詩人は自身の体験した「薔薇宇宙」を、あるいはボルヘスの短篇「アレフ」に登場する奇妙な球体に、あるいはダンテ『神曲』に描かれた天国の情景に、はたまた「華厳経《けごんぎょう》」にあらわれる「蓮華蔵《れんげぞう》三千大世界」に、次々と例を挙げてたぐえていくのだが、こうなるともうぼくの手に負えなくなってくる。ただ詩集『薔薇宇宙』の末尾を「私の骨は薔薇で飾られるだろう」の一行で締めくくった詩人が言葉の限界にあって見たのが、ただ一輪の花の幻だったということだけを心に留めておけば充分だろう。

ドラッグ体験を言語表現につなげた詩人や文学者は数多い。多田智満子の体験に対してよく引き合いに出されるのは『みじめな奇蹟』の詩人アンリ・ミショーだが——ちなみに、この著作から「千のナイフ」という表現を採って自身のファースト・アルバムの題にしたのが坂本龍一であった——、サルトルやウィリアム・バロウズといった現代の文学者はもちろんのこと、もっと時代を遡れば『阿片常用者の告白』(岩波文庫)で阿片チンキによる幻覚体験と苦痛を語ったトマス・ド・クインシーがいるし、由良君美『椿説泰西浪曼派文学談義』(平凡社ライブラリー)によれば、ド・クインシーの友人ながらこの著書を認めなかったロマン派の大詩人コールリッジの作品にも、やはり阿片によるヴィジョンの影響が見られるという。もっともド・クインシーの眼前にあらわれたのはまず、ピラネージが熱病の幻覚をもとに描いたという広壮なゴシック式「建築」のヴィジョン、次いではコールリッジの代表作「老水夫行」(『コウルリヂ詩選』岩波文庫)にもみられる無気味な「水」——その水面には罪悪感の発露か、無数の哀訴し憤怒する人々の顔があらわれる——のヴィジョン、最後は当時のヨーロッパ人にとって憧憬と恐怖にみちた未知の世界「東方」のヴィジョンであった。彼らはいずれも多田智満子の見た「一輪の花の幻」を見ることはなかったが、しかし体験と言語との間に横たわる通約不可能性、言語表現はどこまで突き詰めても体験のパロディにしかならないという難問にぶつかることで、それぞれの文学者としての資質を養っていったのは確かであろう。

こうした体験と言語の極限的状況を突き詰めて思索したのが、一九四〇年代から六〇年代くらいまでのフランスの文学者たちだった。たとえばドラッグではなく戦争の体験になるが、第一次世界大戦後の帰還兵たちが陥った失語症のような状態から言語と体験について思索を開始したブリス・パランは、日本では『ことばの小形而上学』（みすず書房）と『ことばの思想史』（大修館書店）の二冊しか邦訳が出ていない――ちなみに前者の訳は「クイズダービー」でおなじみだった「篠沢教授」こと篠沢秀夫氏である――マイナーな哲学者であるが、サルトル（「往きと還り」『シチュアシオンI』人文書院）やクロソウスキー（『かくも不吉な欲望』現代思潮社／河出文庫）から論じられているほか、なんとゴダールの映画『女と男のいる舗道』に本人役で出演し、アンナ・カリーナとアドリブの哲学談義（ここでも言葉が問題になる）を繰り拡げていたりもする。この映画を入門篇にしてもよいし、Web上でもパランに関する日本語の言及はきわめて少ないが、それでも千葉文夫「ブリス・パランのことばの哲学」、門間広明「生と言語：ブリス・パランとモーリス・ブランショ」の二本の論文を読むことができる。参考までに引用しておけば、パランはこんな文章を書く人である。

話すとは存在の世界をことばの世界に変え、それゆえに存在の世界を固有の存在のしかたにおいては抹消させることによって成り立つ。この存在の世界はそれにひとりでに毎瞬間ごとに自己破壊している。つまりその痕跡しか残さずに絶えず消えて行くのだ。愛の瞬間のあとに生まれて来る子供、敗北に続いて来る圧迫、たったいま死んだ人のおちいる沈黙。言語活動は反対にこういうことのイメージを保存し、イメージは永遠の一部をなし、永遠というのはわたしたちの経験の次元のひとつではないのだ。

（『ことばの小形而上学』）

いま引いた一節から何となくモーリス・ブランショの「文学と死への権利」（『現代人の思想2　実存と虚無』平凡社／『カフカからカフカへ』書肆心水）、特にヘーゲルに言及した有名な箇所を連想される読者もあるかも知れないが、実際、この時代になってようやくフランスではヘーゲルの本格的な受容が始まり、当時の代表的な文学者は軒並みこの「ことば」をめぐる問題に向き合っていたのだった。たとえば先に名前の出てきたピエール・クロソウスキー。彼がいかにして「伝達不可能なもの」を伝達しようとしてきたかという点については、渋沢・クローデル賞を受けた大森晋輔『ピエール・クロソウスキー　伝達のドラマトゥルギー』（左右社）が精緻な分析を見せているから、難解きわまる本人の著作に当たる前に読んでおくのを薦めたい。

また、長らくフランス文壇に黒幕的大御所として君臨し、かの有名なポルノ文学『O嬢の物語』（河出文庫）の作者ポーリーヌ・レアージュではないかと噂されてきたジャン・ポーランの『タルブの花』（野村英夫訳、晶文社）は、この分野の古典ともいうべき名著ながら、その取っつきにくさのためいまだ充分に研究されてきたとはいえない。邦訳も長らく入手困難な状態が続いていたが、現在はモーリス・ブランショの論考「文学はいかにして可能か」他二篇と内田樹《うちだたつる》による解説を付した『言語と文学』（書肆心水）で読むことができる。『タルブの花』という謎めいた表題は、フランスの都市タルブにある公園の、その入口に掲示された次の一文に由来する。「花を手にして庭園に入ることを禁ずる」

ポーランの晦渋な文章を敢えてぼくなりに要約すれば、次のようになる。すなわち、タルブ市の公園が花の持ち込みを禁じたのを、ポーランは当時の文学が、それまでの詩や戯曲、小説において当たり前のように用いられていた紋切り型の修辞、常套句《じょうとうく》を排除したことになぞらえている。文学上のレトリック、言葉の綾、そういったものに彼は「花」を見たわけだ。そしてこの紋切り型という「花」を排除しなければ「言語」は「体験」に近付けないという姿勢を「恐怖政治（テロル）」、そうした姿勢をとる文学者たちを「テロリスト」と、ポーランは呼ぶ。この「テロリスト」「恐怖政治」を単純に批判しているわけでもないというのがこの本の難しいところなのだが、そういうことは賢明な読者諸氏それぞれの感性にお任せしてしまって、ぼくはただ、ポーランもまた体験を前にした言語の限界に身を置いたとき「一輪の花の幻」を見た一人だったと付記するにとどめよう。

ともあれ、タルブの娘たち（や若い作家たち）が薔薇やひなげしを一輪たずさえたり、ひなげしの花をひと束かかえていたりするのをみるのは心地のよいものであろう。

（『タルブの花』）

ポーランが見たのと同じ『タルブの花』を見ていた文学者がもう一人、同時代のフランスにいたのではないか、という議論を展開しているのはコロラド大学で仏文学を講じるエリザベス・アーノルド＝ブルームフィールドの『ジョルジュ・バタイユ、テロルと文芸』(Elisabeth Arnould-Bloomfield; *Georges Bataille, la terreur et les lettres*) 第五章「非＝知の花：バタイユとポーラン」だった。この本は邦訳がないし、フランス語の学術書を紹介する能力も紙幅もぼくには欠けているので、これ以上の紹介は勘弁してもらうとして、その代わりに、バタイユが言語と体験のせめぎあう限界点で見た「一輪の花の幻」に触れた文章として、『内的体験』の訳者・出口裕弘がその訳者あとがきに寄せた一節を紹介しておきたいと思う。

出口は、『内的体験』の前半に「ある花の香りがさまざまな無意志的記憶に充たされていれば、その花の優しさが瞬時にして私たちに頒《わか》ってくれる秘密の、その胸苦しさのうちに、私たちはひとりで花の匂いを嗅ごうとして歩みをとどめるだろう。この秘密とは、内的な、沈黙の、測定不能の、赤裸の現存にほかならない」という一節が置かれ、またその末尾が「私の手は一本の花を取ってそれを唇に持ってゆく」と結ばれ、さらにラテン語で「満テル手モテ百合花ヲ与エヨ (Manibus date lilia plenis.)」と題した詩篇まで配されていることに着目し、この書物の「哲学的様式」に惑わされて「教師めいた読み方」をしないために言う。「『内的体験』は花の香りにはじまり、花の香りに終わる、と覚悟したほうがいっそ透徹した読み方ができるかもしれない」。そして『内的体験』の冒頭と末尾に配された

「一輪の花の幻」もまた、体験を言語に移すことの不可能性に向き合ったところで初めて咲き匂うものだと出口は続ける。

花の香りの、沈黙の、測定不能の赤裸の現存を、バタイユは脳のしびれるような瞬時の内的燃焼としてしばしば体験することができた人なのだろう。その点、羨望をそそらずにはすまぬ人物である。だが、その『内的体験』を口伝しようということになれば？ましして、文字言語によって他者に伝えようということになれば？　沈黙の、測定不能の赤裸の現存を、言葉によって他者と共有しようということになれば？　これ以上の背理はありえないはずではないか？

しばしフランスの話が続いたが、言語の限界に咲くこの「一輪の花の幻」を見た人々の中から、日本の文学者を二人ばかり紹介してそろそろ話を締めくくりに向けていこう。一人目は田中小実昌である。彼の父・田中種助（のち遵聖《じゆんせい》）は独立系のプロテスタント教会の牧師として渡米して学ぶなどしたのち、最終的に十字架も何もないただの家を教会として「アサの会」という奇妙な宗教団体を立ち上げた人だった。集会でも「アーメン、アーメン、アーメン」「ジュウジカ、ジュウジカ、ジュウジカ」と唱え続けるというちょっと異様な、今だったらカルト教団として世間を騒がせそうな団体を立ち上げた父のことに田中小実昌は生涯こだわり続け、『ポロポロ』（中公文庫）や『アメン父』（講談社文芸文庫）といった小説を残した。この父親も牧師になりながら身体に支障を来すレベルで苦悩したのち、長男・小実昌の誕生直後に「神の御臨在」にあずかるという回心体験を経たかと思えば、その二年後に「絶望の極致にありて十字架上の主の御支えを強く感ぜしめられる」など、たびたび言語に絶する体験をしている。だからこそ祈りに際して「アーメン、アーメン……」としか（この言葉は小説『ポロポロ』だと脚色して「ポロポロ……」に変えられている）言葉を発せなくなったのだろう。だが、普通なら神秘主義とか神秘体験とか呼びたくなるような体験を、小実昌はあくまで「ぶちあたられる」「ぶつかる」「つらぬかれる」などと実感に即した言葉でとらえようとし、出来合いの言葉でレッテル貼りすることを拒む。「神秘主義はよく宗教と混同され、ないしは宗教的だとおもわれてるが、神秘主義は神秘主義であって、宗教ではない。宗教は主義なんてものとも無縁だ」（『アメン父』）とか、「これは神秘的体験ではない。神秘的体験をした人もあるにちがいないが、神秘的体験はこれまた神秘的体験で、宗教ではない」（同）とか、そういった言葉が散見される。

そんな田中小実昌には、語り手がひたすら哲学書を読みながら生活を続けていく「哲学小説」と呼ばれる一群の作品がある。特に、少年時代から愛読してきたという西田幾多郎の著書およびそれにまつわる研究書を読み進めながら展開する「西田経」「なやまない」といった小説を集めた『なやまない』（福武書店）は、読者を脅かすような言葉も哲学的創見もまったく出てこないにもかかわらず、静かなすごみを感じさせる短篇集である。西田幾多郎の悪名高い「絶対矛盾的自己同一」という概念を、たび重なる肉親の死をはじめ悲哀に満ちた西田の人生に照らして「つぎからつぎにとんでもないことがおこり」、「かなしんだり、なやんだりしたどころではなかった」、「どうしようもなく、耐えられないまま、それはおこってしまった」、その「あり得ないことがげんにあっている」体験に「心底からぶつかった」ことこそが、論理的に「あり得ない」「あってはならない」ものとしての「矛盾」が自己の根底に実在するという西田の思想を形作ったのではないか、という観点からとらえた「なやまない」はこの困難な時代を生きるにあたって他人事とは思えず、何度となく読み返している。ただここで引用するのはもう一篇の、「西田経」の一節だ。この小説で語り手はケイという女性と一緒に生活しながら、当てもなく西田幾多郎の『哲学の根本問題』を読み進めていく。そこにまた、あの「花」があらわれる。

土曜日曜は部屋の主が会社がやすみなので、いっしょに外にでかけた。三宮のそごうデパートのよこから、日曜日だけでてるバスで、森林植物園にもいった。まえにはなかった、シンプルなあかるい入口ができ、そこから坂道をくだっていった。この坂のようにあじさいの花がいっぱい咲く。だが、なん年かまえにきたとき、森林植物園の所の、ひんやりくらい山道で見つけたあじさいの花は、目にしみるというより、からだぜんたいにしみとおり、それだけでなく、ぼくとつれとのあいだにもしみとおった。ひととひとは身体もべつで、（身体の範囲といったことを考えすぎるのではないか、と西田幾多郎は言っている。〈哲学概論〉）個体と個体はちがってるからこそ個体だが、ぼくとつれとはこのあじさいの花を見て、同時に息をつめ、このあじさいの花が、ぼくとつれとをつらぬきとおし、ふたりはひとつになったみたいな気がした。ひとつになったといっても、個体と個体であることにはかわりなく、逆に、ひとつになったみたいなところで、ふたりはちがうニンゲンということが、あざやかにわかったみたいだった。西田幾多郎が「哲学の根本問題」のなかで、個体が個体と対立するところに、はじめて個体があり、それだけではなく、個体が個体を限定し、そこにまた一般者もあらわれるみたいなことを言ってるのは、こんなことにもカンケイがあるのだろうか。山道のしとった土の崖にさいている、直径三センチぐらいの、ちいさなあじさいの花だった。

（「西田経」）

長い引用になったけれど、言葉の限界にぶちあたるような体験、それを神秘体験と呼ぶのは著者の本意ではないのだろうけれど、ともかくその限界ぎりぎりの体験にあって初めて、やはり著者の前にも「一輪の花の幻」がたちあらわれてきたのだということだけは、少なくとも、了解していただけたのではなかろうか。

そして最後にもう一人、神秘体験などという言語すら拒否するほかない、真に極限の体験を「強いられてしまった」文学者として、詩人・小説家の原民喜《はらたみき》を挙げておきたい。原は言わずと知れた、昭和二十年八月六日、広島で原爆に被爆した「体験」をもつ文学者である。彼の代表作『夏の花』（青空文庫で読める）は、原爆以前に亡くした最愛の妻、その墓に花を手向けるところから書き出されていた。

私は街に出て花を買ふと、妻の墓を訪れようと思つた。ポケットには仏壇からとり出した線香が一束あつた。八月十五日は妻にとつて初盆にあたるのだが、それまでこのふるさとの街が無事かどうかは疑はしかつた。恰度、休電日ではあつたが、朝から花をもつて街を歩いてゐる男は、私のほかに見あたらなかつた。その花は何といふ名称なのか知らないが、黄色の小瓣の可憐な野趣を帯び、いかにも夏の花らしかつた。

炎天に曝《さら》されてゐる墓石に水を打ち、その花を二つに分けて左右の花たてに差すと、墓のおもてが何となく清々《すがすが》しくなつたやうで、私はしばらく花と石に視入つた。この墓の下には妻ばかりか、父母の骨も納まつてゐるのだつた。持つて来た線香にマッチをつけ、黙礼を済ますと私はかたはらの井戸で水を呑んだ。それから、饒津《にぎつ》公園の方を廻つて家に戻つたのであるが、その日も、その翌日も、私のポケットは線香の匂がしみこんでゐた。原子爆弾に襲はれたのは、その翌々日のことであつた。

（『夏の花』）

付け加えておけば、原爆というこの極限の「体験」には前述のバタイユも強い関心を寄せ、ジョン・ハーシーのルポルタージュ『ヒロシマ』（法政大学出版局）への書評というかたちで『ヒロシマの人々の物語』（景文館書店）を発表しているほか、これを膨らませて

『内的体験』にはじまる自身の哲学的主著群「無神学大全」中の一巻にヒロシマ論を加える構想も有していたという。そんな極限の「体験」に、遂には押し潰されるようにして自ら命を絶ってしまった原。その碑銘には、次の詩が刻まれている。

遠き日の石に刻み
　砂に影おち
崩れ墜つ　天地のまなか
一輪の花の幻

翻訳の悪無限 ――『「いき」の構造』

ひところ、古井由吉を一生懸命読んだ。大学院に入った年の秋だったか、ゼミで（仏文科のゼミなのに）この作家の小説を強く推奨されて以来、何度となく挑戦しては挫折を繰り返してきた。薦められたのは御多分に漏れず、古井の言語実験が行きつくところまで行ってしまった極北とでも言うべき時期の三作品、『槿《あさがお》』、『山躁賦《さんそうふ》』、『仮往生伝試文』だったが、すべて講談社文芸文庫に収められているこの三作品は濃密な文学言語によって読者を虜にして離さない。しかし、いかんせん言語が濃密すぎて集中力が、というよりはむしろ体力が持続せず、三作品とも手許に揃えていながら、山で言えばまだ三合目といった辺りで引き返してしまっている。

そういった次第であったが、河出書房新社から二〇一四年に出た『半自叙伝』という本、これは河出から出た『古井由吉　作品』と『古井由吉自撰作品』という二つの著作集に付いていた月報の文章をまとめたもので、かなり読みやすい、それでいて滋味に満ちたエッセイ集になっていたので再読三読し、たっぷり味わった。『半自叙伝』というだけあって過去の自著への言及も少なくなく、そこで興味をもって次に手に取ったのが『神秘の人びと』（岩波書店）だった。金沢大学と立教大学で独文学者としてのキャリアから出発した古井由吉は、オーストリアの作家ロベルト・ムージルの研究（ムージル関係の文章や講演はすべて岩波書店『ロベルト・ムージル』に収められている）と翻訳から出発して小説家に転身した人であるが、研究者としては現代のムージルから遡るかたちでノヴァーリス、そして神秘主義思想へと関心が移っていったと書いている。その神秘主義への関心を独文学者としてではなく作家として改めて扱ったのが『神秘の人びと』だった。

この本は岩波書店の雑誌『世界』の連載をまとめたもので、『我と汝』（岩波文庫）などの著作で知られる宗教哲学者マルティン・ブーバーの編纂した神秘主義者——というか、神秘的な体験をした中世の修道女など——のドイツ語によるアンソロジーを、古井由吉がひたすら読んでいくという、関心のない人にとっては地味なことこの上ない構成になっている。アンジェラ・ダ・フォリーニョとか、アビラの聖テレジアとか、たまに見覚えのある名前に出くわさないでもないが、基本的にぼくの知らない人ばかりが出てくる。そうした神秘主義者（あるいは神秘体験者とでも言うべきか？）たちのドイツ語に訳された言葉を古井由吉は毎回、毎回、ひたすら律儀に日本語に置き換えて——というか日本語に置き換えることの困難に身を晒して、ああでもない、こうでもない、と悩んでみせるのである。自分でも一回ぶんを読み終えるたびにふう、と一息ついて、別に神秘主義にことさら興味があるわけでもないのに、どうして自分は飽きもせず読み続けているのかと不思議になるような、そんな本だった。

そんな本をどうして飽きもせず、逆流性食道炎やら腰痛やら体調不良に悩まされながら牛歩のごとく読み続けられたのかと、その不思議を改めて考えてみると、結局のところ、ここで扱われているのが「翻訳」、あるいはその不可能性の問題だからだろう、という考えに至った。古井由吉が読んでいるのは、ラテン語やスペイン語、イタリア語や古いドイツ語から現代のドイツ語に翻訳されたアンソロジーで、それをさらにドイツ語から日本語に翻訳しながら考えを深めたり進めたりしている。その訳文も、つい日本語として据わりのよい表現に意訳しようとする自分の手つきを戒めて、語学の授業の模範答案のような、とにかく原文を少しでも歪めずに伝えようと苦悶《くもん》した末に選ばれたであろう味もそっけもない文章である。そもそも神秘主義者の体験そのものが言語化を拒むような、とうてい言葉に置き換えることなど不可能なものであって、それをどうにか忠実に言語化しようとする神秘体験者自身による最初の試みの段階で既に、それは「翻訳」と呼ぶべき何物かであったはずだ。こうして幾重にも「翻訳」という、どうやっても原文ないしは元になった体験を歪めてしまう不実な行為を、それでもできる限り誠実たらんとして重ねていくことで、元になっている神秘体験のほうへと少しでも近付こうとする、そんな不毛とも言える試みとして、ぼくは『神秘の人びと』という本を面白く読んだのであった。

古井由吉は独文学者をやめて作家専業に移った後も断続的に読んでいたというホフマン

スタールについて、その著作ではなく彼が手掛けたギリシャ悲劇「オイディプス王」のドイツ語訳を取り上げて「認識の翻訳者」というエッセイ（『古井由吉全エッセイⅠ　日常の〝変身〟』作品社）も書いているぐらいだし、何よりムージルの『愛の完成・静かなヴェロニカの誘惑』（岩波文庫）の邦訳を通じて研究者から作家へと転身したという経緯もあって、「翻訳」という問題にこだわった書き手だとみていいだろう。こういう「翻訳」にこだわってコトバの問題と真摯《しんし》に向き合い続けた作家として、一見すると古井由吉とは対照的に思われるかも知れないけれど、ぼくは田中小実昌を思い出した。

田中小実昌を読むようになったのも同じ先生から、これは大学院に上がる前、まだ学部生の頃のゼミで薦められたのがきっかけだった。不思議なキリスト教系の宗教団体を主宰していた父の思い出や従軍体験などを、記憶とコトバの不確実さに戸惑い、何度も疑いを差し挟み、行ったり来たり堂々巡りを繰り返しながら書こうとする短篇集『ポロポロ』（河出文庫）や『アメン父』（講談社文芸文庫）といった代表作も好きだが、そのころ集中的に読んだのは「哲学小説」と仮に呼ばれている、エッセイとも小説ともつかない妙な文章ばかりだった。『なやまない』（福武書店）、『カント節』（福武書店）、『ないものの存在』（福武書店）、『モナドは窓がない』（筑摩書房）といった単行本に収められた「哲学小説」というのはどれも、カント、スピノザ、ライプニッツといった岩波文庫に入っている哲学書の翻訳や、あるいは日本の哲学者だと西田幾多郎などの著作を、田中小実昌（とおぼしき語り手）

がただひたすら読んでいるのを——途中で女との関係や二日酔いなどの描写が入り込むこともあるけれど——書いただけの小説である。『ポロポロ』や『アメン父』が個人的な体験を小説のコトバに「翻訳」することの困難に向き合うことそのものが小説になったような作品だとすると、このへんの「哲学小説」は自分の個人的な体験ではなく翻訳の哲学書、あるいは日本語でも簡単には読めない哲学書のコトバをめぐって、やはり同じ困難——つまり広い意味での「翻訳の不可能性」を題材とした作品といえると思う。

田中小実昌も古井由吉と同じように翻訳から出発した小説家だった。こちらは東大の哲学科を中退して米軍基地の手伝いからヤクザまでさまざまな職を転々とした末、英米圏の現代ミステリー、特にハードボイルドものを多く翻訳するようになった人なのだけれど、翻訳という困難にぶち当たったことでコトバを紡ぎだす仕事に就いたという経緯そのものは古井由吉とよく似ている。実際、『田中小実昌エッセイ・コレクション5 コトバ』(ちくま文庫)には翻訳をめぐる文章がたくさん収められているが、そこには繰り返し「翻訳は裏切り行為だ」というクリシェが登場する。これはイタリア語の「翻訳者」と「裏切者」など、ラテン系の言語においてこの二つの単語がよく似ていて韻を踏めることから来た言い方である。

ともあれ、やはり「翻訳」というかたちでコトバの問題と向き合ってきた田中小実昌が特別に推奨する哲学書の翻訳が、真方敬道の訳したベルクソン『創造的進化』(岩波文庫)だった。カントやスピノザと違ってベルクソンを題材にした「哲学小説」は書かれていないけれど、ベルクソンは特にお気に入りの哲学者だったらしく、真方の師匠にあたる河野与一の訳した『思想と動くもの』（岩波文庫）や林達夫訳の『笑い』（岩波文庫）なども好んで読んでいるし、旧制福岡高校（現在の九州大学）でフランス語を第一外国語として学ぶ文科丙類に進学して最初に買ったフランス語の原書はベルクソンの『形而上学入門』だったともいわれている。そんなコミさん――と、会ったこともないのに親しげに呼んでしまいたくなるようなところが、この作家にはある――は『創造的進化』の訳文を褒める（『エッセイ・コレクション5』所収「翻訳あれこれ」など）だけではなく、対談（同書所収「田中小実昌と『アメン父』――富岡幸一郎によるインタビュー」）ではこの文庫本に付されたささやかな解説の文章をも激賞している。

そのあたりの事情が伝わったらしく、コミさんのもとには真方の遺族から遺稿集『異教文化とキリスト教の間』（南窓社）が送られ、その書評も書いている。真方はこの本に収められた「上の山にて」という教え子によるインタビューの中でベルクソンの翻訳に触れ、「翻訳は拷問でね」とか「名文ほどそうで、ベルグソンと十年間悪戦苦闘して私は翻訳不能論者になりました」とかいった発言を残しており、書評でもこのくだりが引用されている。真方は理系出身のため作文は苦手だったと同じインタビューの中で語っているが、この本に収められた論文やエッセイはもちろん、博士論文を収めた『中世個体論研究』（南窓社）でも、とても博士論文とは思えないほど平明で美しい文章が綴られている。真方もまた、古井由吉や田中小実昌と同じ「翻訳」の問題を通して日本語を磨き、コトバと向き合った書き手であったといえるだろう。真方の教えていた東北大学の哲学科に学んだ木田元は、彼の古典語や古代中世哲学についての授業を多く取りながらも仲が悪かったらしく、『闇屋になりそこねた哲学者』（ちくま文庫）ではちょっと嫌味っぽく真方の姿が描写されているけれど、そんな木田も『創造的進化』の訳文は「癖はあるけれど、これはいい翻訳だと思います」と評価している。

この種の「翻訳の不可能性」という問題は、大学三年のときゼミで田中小実昌を薦められて以来ずっとぼくの中で持続している。大学三年の終わりにゼミで出した論集には、そのときテクストに使っていた谷崎潤一郎の『陰翳礼讃』（中公文庫）と九鬼周造の『「いき」の構造』（岩波文庫ほか）を題材に、この二著の英訳や仏訳も参照しながら、田中小実昌のエッセイを少し絡めて「翻訳不可能性」の問題についてレポートを書いた。この二つの日本文化論はどちらも「文化の翻訳は可能か？」という問いのかたちで「翻訳」の不可能性あるいは困難さという課題にぶち当たっており、実際『「いき」の構造』は「いき」という言葉がヨーロッパ諸語（九鬼は裕福な男爵家の生まれで長期の留学が可能だったこともあり、英独仏語に堪能《たんのう》だった）にうまく翻訳できないことを確認するところから説き始められている。ある国の文化は別な国の人間には理解することができないという、一歩間違えば偏狭なナショナリズムに陥りかねないこの主題——実際、晩年の九鬼周造は戦争へと向かう時代に応じて、ややそちらの方向に傾きかけていたふしがある——を、ぼくはより普遍的な、ある人の体験は他者には絶対に理解できない、それでも伝達せずにはいられないために人間は体験をコトバへと「翻訳」することでその不可能性に、その困難に向き合わねばならないという図式へと開くことで論じようとしたのだった。

体験とコトバの間の「翻訳」というこのアポリアに、それでも挑まずにはいられない人間の因果な運命を九鬼周造はこう書いている。

例えば、日本の文化に対して無知な或る外国人に我々が「いき」の存在の何たるかを説明する場合に、我々は「いき」の概念的分析によって、彼を一定の位置に置く。(中略)そうして、意味体験と概念的認識との間に不可通約的な不尽性の存することを明らかに意識しつつ、しかもなお論理的言表の現勢化を「課題」として「無窮」に追跡するところに、まさに学の意義は存するのである。「いき」の構造の理解もこの意味において意義をもつことを信ずる。

(『「いき」の構造』)

ここで九鬼が使っている「無窮」という言葉は、留学中に親交のあったベルクソンに由来する言葉だと思うが、この同じ言葉が『「いき」の構造』の別なところではこのように使われている。

媚態《びたい》の要は、距離を出来得る限り接近せしめつつ、距離の差が極限に達せざることである。可能性としての媚態は、実に動的可能性として可能である。（中略）「継続された有限性」を継続する放浪者、「悪い無限性」を喜ぶ悪性者、「無窮に」追跡して仆《たお》れないアキレウス、この種の人間だけが本当の媚態を知っているのである。そうして、かような媚態が「いき」の基調たる「色っぽさ」を規定している。

（『「いき」の構造』）

古代ギリシャの哲学者、エレアのゼノンが提唱した「永遠に亀に追い付けないアキレス」のパラドックスはそれこそベルクソンが『時間と自由』（岩波文庫ほか）で見事に論破しているけれど、九鬼はこれを「永遠に手の届かない相手をそれと知りつつなお追いかけ続ける」という男女の関係に置き換えて、極限まで接近しつつも決して結ばれることのないエロスの究極のかたちを「いき」と呼んだ。「いき」という、コトバには翻訳しえない体験をそれでもコトバによって何とか翻訳しようとする、そんなともすれば不毛な「無窮」の行為に、すなわち「悪い無限性」に身を投ずることこそが既に「いき」なのだ。不可能性を重々承知の上で、それでも翻訳という「悪い無限性」に取り組まずにはいられない人々の姿は、そのまま古井由吉や田中小実昌の姿にも重なってくる。コミさんはこう書いている。

翻訳には、ほんとにどうしようもないことがいっぱいある。だから、翻訳は裏切り行為だ、なんてことどころか、もともと不可能な、無理なことをやってるとしかおもえない。それでも、おもしろい作品にぶつかると、翻訳したくなる。これだって、ほんとに好きな作品、惚れた作品は、惚れてるからこそ、翻訳なんてできるもんじゃありませんよ、と言う人もあるだろう。そんな人の、そういうコトバも、ぼくはわかる。しかし、そういう人と、いっしょに酒を飲む気はしない。むこうだって、おんなじだろう。

（「翻訳あれこれ」『田中小実昌エッセイ・コレクション5　コトバ』）

翻訳という、コトバの根源に横たわる手ごわい不可能性、恐るべき困難の前に身震いしつつ、それでも何かを自分の手許にあるコトバへと「翻訳」しなくては気が済まない人間の、苦し紛れのもがき。そのもがきこそがコトバと真摯に向き合うということであって、正しい日本語だとか、美しい言葉遣いだとか、そんなものを押し付けることとは何の関係もないのである。

さよならの不可能性について ――『さよならを教えて』

『さよならを教えて』（以下『さよ教』）は二〇〇一年、CRAFTWORK制作の18禁ゲームである。その筋書は単純だ。主人公・人見広介が教育実習のため訪れた女子高で狂気に駆られ、生徒や教師たちと異常な性的関係を結んでいく。これだけなら凡百の「鬼畜ゲー」と変わらない。しかし最終的にはすべてがもともと狂気に憑かれていた人見の妄想で、女子高は病院、生徒はカラスや野良猫、あるいは捨てられた人形や資料室の標本に過ぎないことがわかる。指導教官は見舞いに来た姉で、何かと世話を焼いてくれた保健室の女医は彼の主治医である。

狂気を彩るのは、一見バグにしか見えないような画面上の演出だ。バグにしか見えなかったために初動での評判は散々で、制作会社は倒産。のちに熱心なファンによる評価が確立してのちは、今に至るまで中古市場での価格が異常に高騰している。

たとえば、実際は捨てられた人形である女生徒・上野こよりとのある会話場面。この種のゲームの通例として、会話を進めるために三つほどの選択肢が表示される。この点では一切選択肢をもたない『ひぐらしのなく頃に』などよりも『さよ教』は保守的であると言えるかも知れない。しかしプレイヤーはどの選択肢を選んでも堂々巡りの会話に巻き込まれる。これを数回繰り返して「バグではないか」という疑いが生じるや、唐突に画面中に「フェラチオさせる」という一つの選択肢だけが溢れかえる（文字が画面を埋め尽くすことで恐怖を喚起させるという画面構成は、同じサウンドノベル形式の先行作品『かまいたちの夜』、『雫』などの発展形とみるのが妥当だろう）。

この演出の延長上で一番重要なのは、人見が毎夜襲われる「自分が怪物になって天使を凌辱する」悪夢について女医・大森となえに告白するシーンだ。彼が凌辱する天使は女生徒の一人・巣鴨睦月（実際は鬱病の入院患者）と同じ顔をしている。そのことに気付かれまいと人見＝プレイヤーが会話を進めていくうち、三つの選択肢が生じる。どれも睦月が天使であることを否定する内容である。しかしどの選択肢を選ぼうと人見は彼女が自分の夢に出てくる「天使様」であることを白状してしまう。彼の狂気はここから加速度的に進行してゆき、演出面に限っても殺したはずの女生徒が何度も蘇る、テクスト上で示される現在地と背景画像の場所が一致しないなど、バグ的な状況に多々遭遇することになる。終盤では、となえが人見に病識をもたせようと持ち出した「スーパーマリオ狂人説」のせいで却って人見が暴走し、自分を背後で操る何者か＝プレイヤーへのメタ的な言及をするまでに至る。もっともこれは東浩紀によって言及されたような一連の「メタ美少女ゲーム」に比してみれば、殊更に優れているとは言えない。

むしろこの作品において重要なのは、人見がたびたび言及する「意味がない」ことへの恐れであろう。彼は何者でもありえない、浮遊するシニフィアンとしての自分に耐えられず、教育実習生という意味を仮構する。しかし自己を自己によって語りつくすことはできない。自己の承認はあくまで対自的におこなわれるものであって、即自的なものではない。教育実習生としての自分の意味は、それを保証してくれる他者によって支えられなければならない。そこで人見は自分を「先生」と呼ぶ他者の声をも仮構する。非実在の生徒たちを作り上げ、彼女たちに「先生」と呼ばれることで自己の意味を保とうとするのだ。

しかし彼女たちは人見によって仮構された存在者にすぎない以上、完全な他者とはいえない。いってみればイマジネールな領域の他者である。そこへ向けられた愛情は無論のこと、自己愛という結末を迎えるほかない。一個の不可能性として屹立《きつりつ》するのみだ。ゆえに彼女たちとの関係は、鏡像段階のような双数関係＝自己承認をめぐる闘争関係に辿り着かざるを得ない。女生徒の一人・目黒御幸（実際は瓶詰の標本）との会話には、それが如実に表れている。

彼女は「宇宙は一輪の薔薇の花のように、自己の内部に自己と同じ構造の相似形をもつ」といった仏教説話に始まり、鯛の体内に魚の形をした骨があることや、人体にも座禅を組んだ姿の喉仏という相似形があることに触れる。その流れで「人見の中には自分の相似形がある」という、鏡像段階を思わせるような発言がなされる。彼女は人見の高校時代の片思いの記憶を投影したものである。ここで人見と御幸の間に双数＝闘争関係が発生する。人見は御幸の中にも自己の相似形＝対象a＝自己の存在承認の証しがあることを確かめようと、彼女を殺害する。しかしいくら御幸の体内を解剖しても、相似形は見つからない。

あるいは上野こよりとの会話では、お互いがお互いを弓矢で射ることで殺害する（ただし何度でも蘇り、自己承認をめぐる闘争は延々と続く）ことが繰り返される。こうしたイマジナールな領域での自己承認の闘争は、常に失敗に終わる。人見がここから脱するための唯一の希望は、「実在の他者」である巣鴨睦月との会話だけである。彼女との会話を重ねていくと、人見は一時的に妄想を脱するきっかけを摑《つか》む。睦月との最後の会話で、人見は「先生」ではなく「人見さん」と呼ばれるのだ（もっとも彼はそのことに気付かないまま、妄想の領域内で会話を終えてしまうのだが）。

人見は一時的に、実習生としての妄想を脱することになる。記憶の中から召還した架空の女生徒たちとの「さよなら」に一度は成功するのだ。それまでずっと続いていた黄昏《たそがれ》＝誰《た》そ彼《かれ》の、自他不分明な想像界としての学校も終わりを告げる。そして人見は一時的に「誰でもない」浮遊するシニフィアンに戻る。彼を支えていた声たちは消えてしまったのだ。人見の様子を見て、担当医のとなえは遂に彼が妄想から脱したものと喜ぶ。しかし人見は既に「インターンとしての自分」という新たな意味を仮構していた。実習生にせよインターンにせよ、彼は「先生」と呼ばれることでしか自己の存在意味を承認しえないのだ。スタッフロールの終わった後、画面には再び自他不分明の黄昏どきが回帰する。そして、一度は「さよなら」を告げたはずの声たちも再び回帰してくる。唐突に「先生！」という複数の声が同時に上がったかと思うと、物語はぶつりと幕切れを迎える（これと平仄《ひょうそく》を合わせるかのように、さっぽろももこによる主題歌「さよならを教えて」も曲が終わったかと思わせたところでピアノだけが暴走し、最後にこの「先生！」の声のごとくピアノの不協和音が鳴り響く）。

以上のような場面で『さよ教』の物語は閉じられる。どんな選択肢を選んだとしても、そしてまたどんな分岐を辿ったとしても、最終的に辿り着くのは常に同じ結末である。これは本来主人公とプレイヤーが共有しているはずの「物語を完成させる」欲望について、それを脱臼《だっきゅう》あるいは挫折させているものといえる。このゲームには、通常用意されているようなトゥルーエンド＝正しい物語の結末などというものは存在しないのである。

エピローグ的に描かれる担当医・となえと主人公の姉・瀬美奈との会話シーン（この場面だけが黄昏どきではなく、夏の陽光がさんさんと降り注ぐ時間帯である）において、いちおう主人公の妄想の世界と現実世界とのさまざまな事物の対応関係が大まかに示されはする。しかし個々の事例を見ていくと、ときに彼女たちの説明は矛盾を生ずることがあり、どこまでが人見の妄想で、どこからが現実だったのか不明瞭な部分が多々ある。

たとえば後半で主人公がとなえから性的関係を迫られるシーンがある。ここではとなえの声および台詞にあたるテクストが分裂し、人見を誘惑する声と人見に妄想から脱するよう必死に促す声とが同時に並行して聞こえる。人見が他の女性キャラクターと結んだ性的関係はすべて妄想であるはずだから当然となえの真の声は後者であって、誘惑は人見の妄想にすぎないはずである。ところが瀬美奈との会話の中でとなえは、人見に対して好意を寄せており、荒療治のつもりで「女として最後の手段に出た」ことを語る。無論これは精神分析につきものの転移の一形態（陽性の逆転移）である。しかし重要なのはそこではない。

これが真実だったとすると、他の性的関係も一概に妄想とは言い切れなくなる。するといったんは正しい結末を与えられたはずの物語が、再び混沌とした様相を呈してくる。プレイヤーはもはや物語の完成というカタルシスも得られない。一度は聞こえたかに見えた「ただ一つの正しい声」は、またたく間に複数の声に紛れてしまう。こうしたどこまでが現実かわからない多声状態へと戻っていくという物語の構造は、そのまま人見のもとに「先生」と呼ぶ自他不分明な複数の声が回帰してくるというエンディングのイメージに対応している。人見もプレイヤーも、この闇と多声の黄昏時からのadieuに失敗し続けるのだ。

多数の騙し絵（トロンプ・ルイユ）的なグラフィックに彩られた『さよ教』は、それ自体が一個の巨大なトロンプ・ルイユに似ている。千語を尽くしてもそのグロテスクな全貌は、とても伝えることができない。逆に言葉を費やせば費やすほど、過剰な言葉によって何とか自己の空虚を埋めようと徒労を繰り返した主人公・人見のように、ぼく自身も永遠の黄昏どきに沈み込んでいくかのようだ。実習授業のリハーサルとして巣鴨睦月の前で、人見は黒板に「江戸時代の鎖国政策の経済的側面」について熱心に板書するのだが、ふと気付くと黒板は「天使、怪物、天使、怪物、……」という無数のチョークの文字で埋めつくされている――そんなシーンが脳裏によみがえってくる。この論考がどうしてそれと違うといえようか。『さよ教』は徹頭徹尾パラノイアックな言語の過剰の物語である。ゲーム外箱のイラストは、よく見るとごく小さな文字の羅列によって構成されている。CD-ROMの表面には、タイトルやメーカー表記等を埋もれさせるかのように小さな文字がびっしりと印字されている。こうした作品に言語で挑もうとすること自体が間違っていたのかも知れない。

あとがきにかえて　──「早稲田の文学と私」

二〇一三年に角川短歌賞をとったとき、ちょうど『キャンパスナウ』という大学の広報誌が「早稲田の文学」という特集を組んで、ぼくも「早稲田の文学と私」という題で短文を依頼された。軽い気持ちで自虐的な文章を送ったら「在校生の保護者が読む雑誌だから」とひどく叱られて「一度お会いしてお話させてください」とまで言われてしまったので、大慌てで無難なエッセイを書いて送ったところそちらが掲載された（他に小説家の阿部智里さん、詩人の文月悠光さんの二人が短文を寄せている）。のちに助手の採用試験を受けたとき面接官のなかにこの号に関わった先生がおられて、「ボツになったほうが面白かったけれどね……」と言われた（その試験には落とされた）。ここでは没になった原稿と掲載された原稿を並べて紹介する。

ボツ版

早稲田に入ったのにさして理由はない。たまたま推薦の枠があったから受けたら受かったというだけだ。慶應で枠があったらそっちを選んでいたと思うし、頭が良ければ東大に行っていただろう。愛校心など欠片もなく、夢も友達もなく、他にすることもないので授業だけは真面目に出ていたら、四年後には都の西北も紺碧の空も歌えないまま卒業式を迎えていた。人混みが苦手なので卒業式が終わったころ学校に行くと、その場で急に卒業生総代に選ばれて驚いた。表象・メディア論系はマスコミ志望の学生が多く、文学や思想について論文を書いたのがぼくだけだから消去法で選ばれたのだと思う。その年の文芸・ジャーナリズム論系の総代はたしか朝井リョウ氏で、向こうは既に人気作家で大企業に就職まで決まっているのに、ぼくは就職も決まらず、親から穀潰しと罵られながらズルズル院に残るというので、同じ文化構想学部の総代でもここまで差が付くものかと暗澹《あんたん》たる気持ちだった。

掲載版

図書館の地下書庫が好きだ。あそこは携帯の電波が入らないからいい。書庫というよりもはや地下要塞といった趣の、本棚・本棚・また本棚……。

そんな中に埋もれて、自腹ではとても買えない英語やフランス語の文献を引っくり返して、頁をパラパラめくって、古くさいインクと紙の匂いを嗅いでいると、自分もいっぱしの文学者になれたような気がしてくる。大学に通っているのだか図書館に通っているのだか自分でもわからなくなる。勉強をするのも図書館、レポートを作るのも図書館、原稿を書くのも図書館、論文を進めるのも図書館……そうして気がついたら卒業してしまったのだから、早稲田大学を卒業したというよりは、早稲田の図書館を卒業したといったほうが実感にかなう。お正月の駅伝を見てもいまだに母校の選手が走っているという気がしないぐらいだ。そんなぼくを図書館で見かけても、くれぐれも声はかけないでほしい。図書館では、お静かに……。ね？

実際、早稲田に入ったのは成り行きにすぎなかった。もともと家庭の経済事情から言って国立進学が至上命題。高校三年の時点で、科目数の多い東大や京大は現役だとやや厳しい、では安全策をとって親もよろこぶ地元の東北大にするか、それとも少し背伸びして一橋、あるいは苦手な数学の配点が低い筑波あたりか、決めあぐねているうち母方の祖父にガンの再発が見付かり、余命いくばくもないことが知らされた。「その日」が受験と重なっては困るし、幼いころ面倒を見てもらった祖父が生きているうちに合格通知を見せたいと親を説得し、指定校推薦の枠があるうちから早稲田の文化構想学部を選んだ。

詩や小説の実作をやる「文芸・ジャーナリズム論系」に憧れていたが都会育ちの文学少年少女たちとの教養の差に打ちひしがれてこれはいかんと断念、そのころ古本で読みかじった浅田彰・柄谷行人といった人びとの著作に影響され、いわゆる現代思想というやつを勉強するつもりで「表象・メディア論系」に進む。フランス語の初歩を教わった鈴木雅雄先生の感化で文学部に転部して仏文へ行こうかとも迷ったが、推薦入学ということもあり学部を移るのには抵抗があった。対人恐怖をこじらせて、ひとつだけ選考に際して面接を課していなかった千葉文夫先生のゼミに入ったのが機縁となり、仏文の大学院に進めないかとひそかに思いつつ、ときはリーマンショック後の就職難、親を安心させる意味もあって同時に中高国語の教職課程をとっていた。

なんとなく三年秋の就活解禁に乗り遅れて教職か進学か迷ううち震災と原発事故が起こり、理系ならともかく国語では地元での教員採用は絶望的に。ついで身辺にも重苦しい不幸な出来事があって、精神的に参っているうちに都立や私立の採用試験にも応募しそびれ、かと思えば教育実習の多忙に紛れて願書が間に合わず突き返されてきて東大院試の出願にまで失敗、たまたま早稲田仏文の院だけが拾ってくれた。父親からは親子の縁を切りかねない勢いで猛反対されながら、他に行き場もないので早稲田に残り、学振の特別研究員やら学内の助手やらで糊口《ここう》をしのぎながらなんとかやってきたが、肝腎のフランス語もいまひとつ身につかないまま博士課程も満期退学、そろそろ年貢の納めどきが近付いてきたようだ。

本書は東京・築地にあった（現在は目黒に移転）ブックカフェ兼ギャラリー「コミュニケーションギャラリーふげん社」のホームページに二年間にわたって連載された読書エッセ

イ「書物への旅」に加筆、修正、削除、再構成などをしたものである。また補遺として早稲田大学文化構想学部表象・メディア論系の機関誌『xett』に掲載された小論も加筆、修正のうえで収めた。

本書は二部に分かれ、第一部にはエッセイのなかでもフィクションの要素を含む小説風のもの、第二部にはそれ以外の評論風のものをまとめた。「ふげん社」ホームページ連載時も第一部と第二部に分かたれていたが、そちらの分け方とは異なる。

なお、三島由紀夫に関するエッセイは連載媒体ともなった「ふげん社」のギャラリースペースでおこなわれた細江英公『薔薇刑』展に関連して書かれたもので、なるべく不自然にならないよう削除・改稿などをおこなったが、辻褄の合わないところがあればそういった背景があることをお含みおきいただき、ご寛恕のほどを願いたい。

本書の刊行に際しては草思社の渡邉大介氏にひとかたならぬご尽力をいただいた。本書のもとになる連載をもたせていただいた「ふげん社」の皆様、小論の初出時にコメントをお寄せくださった岡室美奈子先生、装幀をご担当くださった川名潤氏、推薦文を寄せていただいた佐々木敦氏といった方々とあわせて、ここに深く感謝を述べたいと思う。

吉田隼人

吉田隼人（よしだ はやと）

１９８９年、福島県生まれ。県立福島高校を経て２０１２年に早稲田大学文化構想学部表象・メディア論系卒業。早稲田大学大学院文学研究科フランス語フランス文学コースに進み、２０１４年に修士課程修了、２０２０年に博士後期課程単位取得退学。高校時代より作歌を始め、２０１３年に第59回角川短歌賞、２０１６年に第60回現代歌人協会賞をそれぞれ受賞。著書に歌集『忘却のための試論』（書肆侃侃房、２０１５年刊）。連絡先：ysd8810@gmail.com

死《し》にたいのに死《し》ねないので本《ほん》を読《よ》む

絶望《ぜつぼう》するあなたのための読書案内《どくしょあんない》

２０２１年11月４日　第１刷発行

著者　吉《よし》田《だ》隼人《はやと》
装画　タダジュン
装幀　川名潤
発行者　藤田博
発行所　株式会社草思社
〒１６０―００２２　東京都新宿区新宿１‐10‐１
電話　営業０３（４５８０）７６７６
編集０３（４５８０）７６８０
本文組版　株式会社アジュール
本文印刷　株式会社三陽社
付物印刷　株式会社暁印刷
製本所　加藤製本株式会社

　ISBN978-4-7942-2538-2　Printed in Japan　検印省略